首席駭客

1 駭客驚世

銀河九天 著

目 Contents 目錄

「他是網路間諜界公認的NO.1，那些被媒體和輿論捧出來的所謂的『世界頭號駭客』，在這些網路間諜面前根本不堪一提。『雁留聲』是圈裏人送他的代號，沒人知道他的真實身分，我們所能得到的一切資訊都是他本人偽造的。」

引子

這裏是荒無人煙的大漠，沒有水，沒有植物，甚至沒有生命，炎日當空的時候，地上的沙子便會反射出一種明晃晃的顏色，熾烈得都可以把人的眼睛灼傷。沒有人會到這裏來，除了風掠過沙子的聲音，這裏再也沒有任何可以吸引人類的東西，就是鳥兒，也不會選擇從這裏的天空飛過，名符其實的「生命禁區」。

沉悶的機器轟鳴聲突然打破了這裏的寧靜，從太陽的那一邊飛來了一架直升機，飛機飛得很低，它飛過去的地方會捲起一層薄薄的黃霧，飛機快速掠過，並很快消失了蹤影，它身後的黃霧一直朝著沙漠的中心延伸而去。

大漠周圍一直有一個傳說，在沙漠的中心有一口泉眼，泉眼附近經常有野人出沒，他們身手敏捷、力大無比，身上的顏色和地上的沙子一樣，當地人稱之為「沙人」。後來，就有很多探險家進了沙漠，有的就此失蹤，有的剩了半條命回來，但誰也沒有找到傳說中的泉眼和「沙人」。再後來，有一位很有名的科學家駁斥了這個傳說，說沙漠中根本沒有人類存活的條件，野人之說根本就是無稽之談，自此便再也沒有人進沙漠了。

不知道飛了有多久，直升機突然不再前行，停滯在空中並且開始下降。飛機剛一停穩，便從上面跳下兩個人來。

「頭，我說那當年在這裏建監獄的人，得是個天才啊！」後面一人看起來很年輕，二十來歲的樣子，他摘掉太陽眼鏡，一邊打量著四周，一邊看著自己手裏的地圖，道：「從這裏不管往哪個方面走，都得六七天才能走出大漠，在沒有食物和水的情況下，就是故意放犯人走，他也走不出這沙漠去。」

被稱之為「頭」的人並沒有理他，拿手遮在額前，向四周搜索著，似乎在尋找什麼，可是周圍除了沙子，並沒有別的東西。兩人身上的衣服也很奇怪，是制服，但既不是警服，也不是軍裝。

年輕人似乎還沈浸在自己的發現之中，興奮地把地圖往「頭」面前一現，「頭，你看看呀，這裏是個絕對的中心點！」

那個「頭」沒有看地圖，而是冷冷地看著對方：「想知道你說的這個天才現在在哪裡嗎？」

年輕人點了點頭，但他不明白這話的意思。

「他此刻就被關在這座監獄裏，這座他親手設計的監獄裏。」

「呃……」後面那人頓時感覺像是被潑了一盆冷水，從頭涼到腳，剛才的興奮勁頭一下子跑得乾乾淨淨。回過神來，他順著「頭」指的方向看去，卻只看到一座沙丘，並沒有監獄的影子。

「頭」低頭看了看表，道：「準備走吧，接應我們的人應該到了。」

聲音剛落，四周「沙沙」聲頓起，地上憑空冒出了幾根沙柱，將兩人圍在了中心。

站在「頭」後面的那小夥子被嚇了一跳，此時他才看清楚，這些沙柱其實都是人，只是渾身上下都和沙子一個顏色，往地上一躺，那就是沙子，除非是他們主動跳出來，否則你就是從他們頭上踏過去，也發現不了這個秘密。

沙人手裏的武器，讓他覺得很不舒服。

「AZ77293？」「頭」突然喊道。

「我是！」其中的一根沙柱開口說了話。

「頭」掏出一紙文件，往那個AZ77293前面一遞，「奉命前來探視犯人S0017。」

AZ77293接過文件，勘驗無誤，道：「跟我來吧！」

眾「沙人」收起武器，轉身朝沙丘走去，兩人緊隨其後。

年輕人走在最後面，今天的一切，已經大大超出了他的認知範圍，這讓他有些反應不過來，他迷迷怔怔地看著幾個「沙人」的背影，機械式地跟著隊伍。

那幾個沙人似乎沒有意識到前面聳立的沙丘已經阻斷了前進的路，他們逕自走到沙丘之前，繼而抬腿邁了過去，而奇蹟就在這一刻發生了，沙人居然消失了身影，就像是被沙丘給吸了進去一般。

年輕人狠狠地掐了掐自己的大腿，然後使勁揉揉眼睛，自己沒看錯，這一切都是真的，可自己怎麼就感覺像是在夢裏呢。直到他自己也被沙丘吸了進去，他才明白過來，這根本就不是沙丘，而是一種很特殊的材料，它會反射出沙子的顏色，讓外面的人以為這是沙丘，外面的人看不到沙丘裏面，但裏面的人卻可以看到沙丘外面的情況，清清楚楚。

也因為有了這層特殊材料做的防護罩，沙丘裏面感覺很涼爽，而這沙丘，便是傳說中的安全係數最高的神秘監獄。

AZ77293把兩人領到一扇門前，「S0017就在裏面！」

屋子裏面有個二十七八歲的年輕人，他此刻正坐在一個方桌前，桌上擺著一盤棋，棋局到了最後關頭，那人手指敲著桌沿，眉頭緊鎖，似乎在思索著下一步棋該如何走，兩人的到來，也沒能讓他抬眼一看。

「頭」緩步走到方桌前，駐足看了片刻，將紅方的卒子往前一推，道：「攻卒！」

那人這才抬起頭來，瞥了「頭」一眼，漫不經心地道：「我當是誰呢，原來是你！」完了順手移動棋子，「將！」

「頭」坐了下來，看著棋局，笑道：「雁留聲，我們又見面了！」

「這又不是什麼好事！」雁留聲往椅背上一靠，嘆道：「如果有可能的話，我這輩子都不想見到你！唔，我估計你也是這麼想的。」

「頭」乾笑了兩聲，「你說的沒錯，我確實是不想見到你。可是沒辦法，最近發生了一點麻煩事……」

「你要是下棋的話，就趕緊走棋，不下棋就給我走人！」雁留聲有些不耐，「我可沒閒工夫聽你囉嗦！」

「放肆！怎麼這麼跟我們頭說話呢！」站在一旁的年輕人有些按捺不住了，指著雁留聲的鼻子喝道：「你小子老實點，知道你現在是什麼身分嗎?!」

「你剛入行沒幾天吧？」雁留聲不怒反笑，斜斜瞥了對方一眼，「一看就是個菜鳥，別這麼沒規沒矩的，你們的頭就在這坐著，有你插嘴的份嗎？」

「你……」

「好了，你給我退下！」「頭」瞪了一眼自己的手下，才把對方的火氣給憋了回去。

「你真該好好管管你的手下了，你看這……」雁留聲在一旁有些幸災樂禍。

「這是我自己的事，用不著你操心！」「頭」同樣瞪了一眼雁留聲，「還有，我同樣也沒有閒工夫跟你囉嗦。」

「頭」頓了一頓，沉聲道：

「上個星期，我們的技術人員在對一些科研單位的網路進行例行巡檢時，發現了駭客入侵的痕跡。對手很高明，也很狡猾，他早在一個月之前就通過『跳板』、『擺渡』、『偽裝』等各種手段，把自己精心設計的間諜木馬安插在了這些網路之中，伺機搜集我們的保密技術資料，這種間諜木馬能通過各種途徑將收集到的資料轉移出去，並送回到該駭客的手裏。駭客一共入侵了十多家科研單位，都是我們重要的國防科研機構，目前我們還不清楚這個駭客到底偷走了多少資料，也不知道這個駭客在為誰服務！」

「跟我說這些幹什麼，想請我幫忙？」雁留聲瞇著眼看著對方，笑呵呵地道：「對不起，我呢，跟你沒交情，我沒義務、也沒理由幫你！」

「我們不需要任何人的幫助，也包括你在內！就是你求我們，我們也絕不會接受你的幫助！」「頭」毫不退讓地看著雁留聲的眼睛，「這是我們的原則，這點請你務必要記住！」

「唔……」雁留聲對這個傢伙突然強硬的態度有些反應不及，既然你不是來尋求幫助的，那幹嘛千里迢迢地跑到這鳥不拉屎的地方來?!

「我說這些，只是要告訴你我們的處理結果，我們決定釋放你。」「頭」的嘴角突然翹了起來，露出一絲別有意味的微笑，「雁留聲，你自由了！」

「這……」雁留聲似乎對這個結果一時還有點難以接受，只是片刻的思索，他便大笑了起來，笑得他在椅子裏東倒西歪。

好久之後，他才止住了笑，站起身子，對著「頭」伸出右手，道：「你終於做出了一個英明正確的決定！」

「頭」站了起來，也伸出了手和對方一握，笑道：「謝謝你的誇獎！」

「那還等什麼呀！」雁留聲有些興奮，道：「趕緊走吧，我是一刻都不想留在這個鬼地方了，如果我沒記錯的話，再半個小時，就會有一顆軍事衛星飛過沙漠的上空，你們不想暴露這個監獄的位置吧！」

兩個小時後，沙漠邊緣的三山市。

「頭」把一個大箱子交到了雁留聲的手裏，「這是你三個月前被我們沒收的行李，現在還給你。」

「那我就走了！」雁留聲嘿嘿笑了兩聲，「兩位不用送了，咱們後會無期！」

「頭」湊到雁留聲的身邊，低聲道：「不要太得意，我可不保證我們今後就不會再抓你！」

「別做夢了，我不會給你們機會的！」雁留聲擺擺手，大搖大擺地消失在人群之中，老遠還能傳來他的笑聲。

「就這麼放他走了？」年輕人望著雁留聲消失的方向，有些費解，「頭，我是真不明白，駭客的入侵和放走他有什麼關係，難道我們放了他，駭客就不敢來入侵了？」

「你說對了！」頭點了點頭，臉色很不好看。

「這……這……，頭，你沒開玩笑吧！」年輕人一臉的不可思議，他沒想到自己的隨口一說，竟成了事實，「這個傢伙到底是什麼人啊？」

「頭」無奈地嘆了口氣，「我們走！回去的路上我再慢慢跟你說。」

「他是網路間諜界公認的NO.1，那些被媒體和輿論捧出來的所謂的『世界頭號駭客』，在這些網路間諜面前根本不堪一提。『雁留聲』是圈裏人送他的代號，沒人知道他的真實身分，我們所能得到的一切資訊都是他本人偽造的。雁留聲以販賣各種機密為生，手裏掌控著全球最厲害的網路間諜機構——『Wind』機構，這個機構和很多國家的情報部門都有業務往來。出道以來，雁留聲從未失手，只要你價錢夠力，他什麼資料都能弄到，這些年他更是做下了不少大案，有國家的政要因他身敗名裂，有國家因他而彼此交惡，某國花費數千億美金研究的科研成果被他拿去賤賣；他能讓一個跨國公司頃刻間面臨破產，也能讓名不見經傳的人一夜成名。也因為他實在是太厲害了，這讓很多人對他是既愛又怕。前些年，曾有幾個國家的情報機構設下圈套，想把雁留聲逮住，沒想到雁留聲太過狡猾，每每識破圈套，反過來給對方下套，讓這幾個國家偷腥不成，反惹了一身騷，最後也就不了了之。」

年輕人瞪大了眼睛，他感覺自己的上司是在說書，或者是在逗自己開心，「怎麼可能有這麼厲害的人？如果他真的這麼厲害，怎麼會落到我們手裏？」

「三個月前，為了前往歐洲，雁留聲入侵了我們出入境管理中心的伺服器，在上面嵌入了一條非法的命令，當伺服器重啟的時候，這條非法命令就會在我們的伺服器上為他製造一個合法的出境身分。他很神通，居然知道我們的伺服器會在每週三的早上八點有一次例行巡檢，這時候伺服器會重新啟動，於是他選擇了搭乘週三九點的班機出境。」

「人算不如天算，週三的那天，出入境管理中心接到通知，推遲例檢，迎接一個工作組的突然檢查。因為手裏拿的護照在我們的伺服器上沒有任何記錄，雁留聲被扣住了，可就在工作人員查證他身分的時候，伺服器上又突然出現了他的出境登記，工作人員意識到這其中可能有問題，於是上報，我們這才抓住了這個傳說中的NO.1。」

「頭」說到這裏笑了笑，「如果不是這傢伙弄巧成拙，我們可能永遠也摸不到這傳說中『世界第一駭客』的影子。」

「那你怎麼能放他走呢！」年輕人激動了起來，差點就從座椅上跳了起

來，吼道：「這傢伙完全就是顆核彈，萬一他……」

「頭」按住對方的肩頭，道：「我放他走，自然有放他走的道理，你先不要激動！」

「不是我激動，是你糊塗了！」年輕人捏了捏拳頭，很氣憤，「他可是個職業的網路間諜，在這樣人的眼裏，根本不會有國家利益、人民生死，只要給錢，他什麼東西都敢販賣！」

「正因為他是個職業的網路間諜，正因為他眼裏只有他自己，我才敢放他走！」「頭」的聲音也大了起來。

年輕人詫異地盯著自己的上司，他想不明白。

「和我們這些服務於國家的人不同，這些職業網路間諜只為自己服務，他們販賣情報就是為了獲取利益，不牽扯任何政治利益，所以很多國家的情報部門都喜歡雇用這些職業網路間諜為自己服務，一旦間諜失手，他們只不過是損失一筆訂金而已，不會有任何的政治麻煩。而作為職業間諜就完全不一樣了，他們只是別人手裏的工具，沒有真實的身分，不會得到政治庇護，一次失手，就意味著喪命，或者是終生監禁。所以，一些有能力的職業間諜不得不為自己早做打算。」

「我們有句古話，叫做『兔子不吃窩邊草』，何況雁留聲還不是兔子，他是一頭狡猾而霸道的獅子王。他的Wind機構從不販賣我們的情報，也不和我們有任何的業務往來，而且，他在圈子裏放出話來，很霸道地把我們這裏劃作了Wind的地盤，任何企圖在Wind地盤上竊取情報的人，他都視作是向自己挑釁。起初，有一些人不服，結果全都把自己折了進去，後來也就沒人敢冒這個險了。再往後，其他幾個間諜機構也紛紛效仿，各自劃定了自己的勢力範圍。這些職業間諜真是有趣，不僅要應付政府的打壓，還要防範同行之間的暗戰，怪不得個個技術超卓。」

年輕人恍然大悟，道：「他這不是在我們的地盤上給他自己壘了個窩嗎?!」

「頭」呵呵笑了起來，道：「是啊，我現在也有些搞不明白，究竟是我們保護了這個窩，還是他保護了我們的地盤。不過，我們可以確定的是，讓他待在自己的窩裏，對我們來說，是利大於弊的。」

「頭」頓了頓，繼續說道：「何況，這個傢伙是個燙手的山芋，絕不能拿在我們的手裏。雁留聲神秘失蹤三個月，現在都在風傳他落在我們的手裏，不少人已經開始活動了。你要知道，這個世界上有多少人希望雁留聲

死，就有多少人想得到雁留聲，一旦他們拿到了雁留聲落在我們手裏的證據，雁留聲那些為自己偽造的身分就會被很多國家所承認，這些國家會以各種理由來和我們交涉，要求引渡，到時候我們就很被動了。雁留聲犯下的每一樁案子都不小，放了他，也給我們省了不少的麻煩。」

「這傢伙實在是太厲害了！」年輕人不得不服，但還是有些擔心，「不過，我還是覺得不應該就這麼放他走了，至少要讓他今後的行為在我們的控制範圍之內才安全。」

「現在說這個已經晚了！」「頭」望著車窗外，嘆了口氣，「我倒不擔心他回去後會做出什麼對我們不利的事情，而是擔心另外一件事情！」

「另外一件事？」年輕人有些不解。

「我懷疑雁留聲是故意落在了我們手裏！」

「這怎麼可能！」年輕人瞪大了眼，這完全沒有理由啊，一個兵，一個匪，哪有匪自己送上門來的道理。

「我現在還不能確定這傢伙的目的！」「頭」搖了搖頭，「我記得很早以前圈內就有這麼一句話，說『每天天一亮，所有Wind監控對象的當天日程安排，都會放在雁留聲的辦公桌上』，這句話有點誇大，但也不是空穴來風。事後我查過，那個工作小組對出入境管理中心的突然檢查，並不是臨時起意，而是早已安排好的，只不過是延時通知而已。雁留聲如果決定出境，他肯定會搜集所有與之相關的資訊，以確保自己的絕對安全。如果他得不到這些資訊，為了安全起見，他必然會選擇更加可靠的航班，而不是九點的那趟班機。」

「頭，你是不是有些太那個了！」年輕人覺得自己上司的這個推測有些太離譜了，「雁留聲就是再厲害，也是個人，而不是神，他總有馬失前蹄的時候吧！」

「或許吧！」「頭」拉上了車窗的簾子，「只是我不相信雁留聲會犯這樣的錯誤。回去後你查一查，看看雁留聲落在我們手裏的風聲是從哪裡傳出來的，一定要落實。」

「是！」年輕人頓了頓道：「那你說雁留聲為什麼要這麼做？會不會是避禍，他有那麼多的仇人？或者是……」

「頭」沒有回答手下的問題，而是往後一靠，然後閉上了眼，似乎是在思索這個問題，車裏頓時陷入深深的沉寂之中。

許久之後，年輕人憋不住了，道：「那我們就這麼一直任由雁留聲逍遙

法外？」

「頭」從鼻孔裏長長地吁出了一口氣，緩聲道：「他這樣的人，不應該由我們來收拾，『惡人自有惡人磨』，會有人來收拾他的。」

「誰？」年輕人質問，「是等他惡貫滿盈之後，讓老天來收拾他？還是等他的同行來收拾他？」

「都有吧！」「頭」睜開了眼，扭頭看著自己的手下，「你知道為什麼別人都叫他『雁留聲』嗎？」

年輕人搖了搖頭。

「據說這個傢伙超級自信，他每次得手之後，必定要在對方的機器裏留下一個記號，除了蔑視之外，他是希望找到一個可以打敗自己的對手，因此，大家就叫他雁留聲，取『雁過留聲』之意。圈子裏的人都知道，只要能找到雁留聲留下的這個記號，就可以順利地抓到他本人。可惜的是，雁留聲出道好幾年，做下了那麼多的大案子，卻從沒有人找到這個記號。」

「會不會是個障眼法？或許根本就沒有這個記號！」年輕人頗有些不服。

「頭」笑著搖了搖頭，不置可否。

佈告欄上被人貼了一張超大的海報，海報頭的「懸賞」兩字，很是顯眼。

「又是懸賞？」劉嘯有些意外，這個星期他已經是第四次在這裏看到懸賞海報了。

劉嘯往最下面的聯繫人那裏一看，不禁笑了起來。

劉嘯路過學校食堂的時候，看見佈告欄那裏又圍了很多人，便兜圈走了過去。

也不知道當初是哪個腦殘人士設計的，不管你是從教室去食堂，還是從宿舍到食堂，只要你想看到佈告欄的內容，你都得繞個圈，一點也不方便。記得剛進大學的那會兒，學校給每個同學都發了一張表，說是廣泛徵求大家的意見，凡是合理的、對同學有利的，學校就一定會採納。劉嘯那時候還傻，便很鄭重地把佈告欄的事寫到了建議表裏，之後曾有好長的一段時間，他每天都往佈告欄那裏跑一回，看看它有沒有移動位置。可這一晃幾年過去了，劉嘯都快畢業了，那個佈告欄依舊杵在原地。

佈告欄上被人貼了一張超大的海報，海報頭的「懸賞」兩字，很是顯眼。

「又是懸賞？」

劉嘯有些意外，這個星期他已經是第四次在這裏看到懸賞海報了，難道這年頭流行復古嗎，劉嘯很懷疑自己明天是不是能在這裏看到「比武招親」或者「武林英雄帖」之類的海報。

直接跳過海報內容，劉嘯往最下面的聯繫人那裏一看，不禁笑了起來，這四張懸賞海報，竟然是同一個人貼出來的，劉嘯之所以記得這麼清楚，是因為那個聯繫人的名字實在是太扎眼了，她叫「張小花」。

在劉嘯的印象中，除了小時候爺爺養的那條小花狗叫「小花」外，這個名字可以說是基本絕跡了。現在人起名字，除了要好聽外，還要講究個意境、寓意、寄託啥的，劉嘯想不出究竟是什麼人還會用這個名字，而且還敢堂而皇之地寫在海報上。

「俗！太俗！俗不可耐！俗到了極點！」劉嘯發表完自己對別人名字的看法後，才把注意力放回到海報的內容上。

「因家中私用電腦近日連遭駭客入侵，令本人不勝煩惱，特張此榜，誠徵校內能人異士、英雄好漢，只要能找出入侵之駭客，解本人之憂煩，本人必當重謝一萬元整，絕不食言。」

海報內容簡單明瞭，和之前的沒什麼兩樣，不過卻在最下面多了一行小字，「本人奉勸某些無聊人士，請自重自愛，沒有金剛鑽，就不要攬瓷器活，否則後果自負。」

劉嘯笑了笑，看來前面陣亡的「先烈」們不少吶，不然這個張小花也就不會第四次貼出懸賞，更不會專門加上這麼一句。

周圍有幾個人像是懂電腦的，心裏早已被這一萬塊的賞金勾得直癢癢，臉上一副躍躍欲試的表情，只是看到下面的這行小字，才有些不敢貿然出手。

學生嘛，臉皮有些薄，古人曾說「餓死是小，失節是大。」自己當著這麼多人的面把榜揭了，萬一到時候沒給人家把問題解決了，一萬塊拿不到也就算了，事情一旦傳出去，自己可就成了校園裏的笑柄了。

所以，任憑周圍人一個勁地慫恿，這些人還是不敢上去揭榜，只是連連謙虛推讓。

劉嘯本不想湊這個熱鬧的，但讓周圍的人這麼亂哄哄一陣鬧騰，心裏反倒有了一些計較。按說，那些敢上前揭榜的人，肯定都是有兩把刷子的，可這榜連續貼出三次都沒有解決問題，這就說明，那個入侵張小花電腦的駭客不是一般的小菜鳥，他很有可能是一位高手。

這麼一分析，劉嘯便有些興奮，要知道這年頭什麼東西都在貶值，駭客也不例外，你要想找個駭客，大街上隨便伸手一抓，十個有八個敢說自己是駭客，可真要讓你找個貨真價實的高手出來，那就比三條腿的鴨子還難找。

想當年，劉嘯不過是在網上看了一篇不足三千字的《駭客是怎麼練成的》，回來就自立門戶，買了空間做網站，成立了一個所謂的「超級駭客大聯盟」，堂而皇之地扯開旗子，廣收門徒，網站註冊用戶一度高達好幾萬。

這些人整天泡在論壇裏，無所事事，就商量著今天去駭誰，明天去駭誰，招來粉絲無數，可總也沒見誰真的去行動。直到後來，一個叫做「全球駭客同盟會」的新生駭客團體，他們駭掉了「超級駭客大聯盟」的網站，發出了挑戰。

劉嘯召集人馬準備應戰時，才發現平日裏那些論壇上的神人早已跑了個乾乾淨淨。

後來，劉嘯經人介紹，花錢請了一個高手，成功地駭掉了「全球駭客同盟會」的網站，算是出了一口惡氣。

可他還沒來得及高興，就被事情的真相打了個措手不及，自己所請的那位高手，竟然是之前駭掉自己網站的元凶，不同的是，上一次，那高手是受了「全球駭客同盟會」的雇傭。這是個職業的「傭兵」，專門幫人駭進網站，兩邊收錢。

劉嘯很傷心，在網站上發了一則聲明，然後就關掉了網站，遠離了這個浮躁的是非圈，靜下心來學習網路安全。

再後來，一位自認為非常瞭解駭客圈的達人寫了一篇《中國駭客發展史》，在這部發展史中，作者對當年「超級駭客大聯盟」和「全球駭客同盟會」的戰爭還濃重地描了一筆，他對「超級駭客大聯盟」的解散很惋惜，也因為這次戰爭，「超級駭客大聯盟」的掌門人劉嘯，居然還在這部發展史中名列「十大駭客大師」之內。

「往事不堪回首吶！」劉嘯嘆了口氣，上前分開人群，將張小花的海報撕了下來，從「駭客圈」裏走了一遭的劉嘯，深知高手難遇，他不想錯過這個可能會碰到高手的機會。

「唉！」周圍一陣嘆氣，剛才那些躍躍欲試的人只是一猶豫的工夫，榜便被別人揭走了，不由得長吁短嘆。

人就是這麼奇怪，有人慫恿他們去揭榜的時候，他們倒有些拿不定主意，架子端得十足，可一旦榜被別人揭走了，他們便立刻後悔，只恨自己剛才手短了一些，把這千載難逢的機會給錯過了，好像那一萬塊就是專門給自己準備的一樣。

劉嘯可顧不上這些，他把海報捲了捲往自己的包裹一塞，三步併作兩步地進了食堂，他肚子早已餓得咕嚕作響。

水足飯飽之後，劉嘯才重新把那張海報從包裏拿了出來，按照上面的聯繫電話打了過去。

「喂，你好，哪位？」接電話的是個女的。

劉嘯也料定張小花這名字雖俗，但十有八九是個女的，這並沒有出乎他的意料，不過，讓他奇怪的是，名字起那麼俗的人，聲音怎麼會這麼好聽呢。

劉嘯清了清嗓子，道：「你是張小花同學吧？我看到了你貼出來的海報，我叫……」

「你行嗎？」對方沒等劉嘯說完，就打斷了他的話，語氣之中儘是懷疑。

劉嘯有些不爽，「行與不行，總得我見過你的電腦之後才能知道吧。」

劉嘯還算是客氣。

「那下午課結束後等我電話吧，拜！」對方很乾脆，說完直接掛掉電話了。

劉嘯鬱悶到了極點，恨恨地把電話收起。

「靠，這是什麼人啊，好像老子倒欠了她一萬塊錢似的，早知道就不撕

這個海報了！我真是吃飽了撐著！」

劉嘯抽了自己一個嘴巴，起身背起背包，出食堂門時，把那張海報順手塞進了垃圾桶。

一開始，劉嘯對張小花的評價也只是名字俗了點，接完這個電話，張小花整個人都變得可惡了起來，傲慢、缺少教養，簡直就是一無是處。

劉嘯捶了捶腦袋，自己剛才一定是神經短路了，或者是大腦進水，要不怎麼會鬼使神差地去撕那個海報？現在想想，一個真正的駭客高手，怎麼可能會跑去入侵一個學生的私人電腦呢，既不能證明他的實力，又沒有什麼利益可圖。

就是自己這種無聊到極點的人，都沒那個閒工夫去做這種事，何況是高手。除非是張小花的電腦中有著非常有價值的東西。

可她只是一個學生，哪會有什麼有價值的東西。

「唉，腦子壞掉了，壞掉了，真是天妒英才、馬失前蹄！」劉嘯搖搖頭，離開食堂。

「嗡～～嗡嗡～～」

劉嘯正趴在桌子上做著美夢，突然感覺褲兜裏一陣亂顫，好夢被打醒了，擦擦口水，從褲子裡拿出手機，迷迷糊糊地道：

「你好！」

「我是張小花，你是那個……」張小花「唔」了半天，想不起來劉嘯的名字，只好道：「你現在在哪兒呢？」

「自習室睡覺呢。」劉嘯抬起頭，發現自習室已經剩下寥寥幾個人了。

「十分鐘後我們在學校門口碰面，沒什麼問題吧？」張小花問。

劉嘯清醒了，開始抓耳撓腮，尋思著要怎麼推掉這個事，他已經不打算去見這個張小花了。

「這個……」劉嘯支吾著道：「張小花同學，我臨時有點事情，恐怕……」

「都在自習室睡覺了，你能有什麼事？」張小花一語揭穿了劉嘯，「你這個人怎麼這樣呢，你要是反悔了就直接說，何必找這麼拙劣的藉口。」

「那個……」小把戲被揭穿，劉嘯不禁有些汗顏，口氣也軟了一些，「我真的是能力有限，要不你另外找人吧。」

「你早幹什麼去了？」張小花有點生氣，「你明明知道自己不行，還要去撕我的海報，你這是什麼行為，耽誤了我的事，你能負責啊？」

「我再幫你貼上就是了！」劉嘯有些窩火，張小花的嘴太厲害了，一轉眼，就全成了自己的不是。

「行，我也懶得和你這種人計較，我給你十分鐘時間，十分鐘後我要看到海報，否則後果自負。」

「你……」

劉嘯話沒說完，電話已經「嘟嘟」響了，氣得他站起來連揮幾下胳膊，如果張小花在他面前，他真的會忍不住打人。

過了好半天，劉嘯才自我安慰道：

「好男不跟女鬥，我何必和這種母夜叉生氣呢，犯不著！」

劉嘯坐下來，朝自己的包裏摸去，手剛一放進去，頭上的汗就出來了，那張海報早讓自己給扔到垃圾桶了。

劉嘯暗道一聲「慘了！」拽起背包就朝食堂狂奔而去。

「老天保佑啊！」

劉嘯從垃圾桶找出那張已經油漬斑斑的海報，一邊慶幸不已，幸虧清潔人員還沒有收拾垃圾桶。他現在真有點怕了張小花的利嘴，向食堂的阿姨借了漿糊把海報抹好，劉嘯就拿著海報朝佈告欄走去。

中午佈告欄上還花花綠綠貼滿了各式海報，現在居然被清理得乾乾淨淨了，劉嘯不由一樂，「老天爺真是給面子，知道我這大學四年就貼這麼一回海報，太夠意思了。」

劉嘯把海報抻直，往佈告欄上拍去。

「哎，你幹什麼呢！」旁邊突然閃出一人，一把拽住了劉嘯。

「貼海報啊！」

「對不起，另外找地方貼吧，佈告欄被我們學生會徵用了！」

「憑啥呀？」劉嘯有些不服氣，他很看不慣這些校園「黑社會」，平日裏各個溜鬚拍馬、狐假虎威的。

「我們要搞一個宣傳活動。」那人很得意地直了直腰，「活動是校長親自策劃的。」

「真他娘的晦氣！」劉嘯收起海報，嘴裏絮絮叨叨的，早不搞，晚不搞，偏偏老子要貼海報的時候你就搞。

「這下可慘了，怎麼辦呢？」劉嘯有些頭疼，海報貼不上去，母夜叉張

小花肯定還要找自己麻煩的。自己倒不是怕她，只是今天這事是自己反悔在先，已經耽誤了人家的事，要是不幫她把海報貼回去，心裏總是有些愧疚的。

「你們這活動要搞多久啊？」劉嘯不死心，回頭問道。

「至少一個星期！」

劉嘯有種要吐血的感覺，心裏對學生會的怨念又深了幾分。

事已至此，劉嘯也沒別的辦法了，咬咬牙，他掏出電話給張小花撥了過去。

「喂，那個啥，我想了想，覺得我還是去幫你看看電腦比較好。」

「誰要你去修電腦！我要的是海報！」張小花被劉嘯的反覆無常給弄火了，「再說，你又修不好，去了也白去！」

「佈告欄被學生會徵用了，要一個星期，海報暫時是貼不上了，要是你覺得可以等，一個星期後我一定幫你貼上。」

「一個星期？」張小花果然氣炸了，「我不管，我只給你十分鐘時間！我實在是受夠你這種人了，明知道自己沒本事還要去撕我的海報，撕了又反悔，現在讓你貼個海報又推三阻四，要不是你撕我的……」

「反正事情已經是這個樣子了，是等，還是讓我去試試，你自己看著辦吧。」劉嘯也懶得和張小花解釋了，一副要殺要剮、任君自便的樣子。

電話裏一陣嘎嘎吱吱的聲音，八成是張小花已經氣得咬牙了。

過了好久，才傳來她的聲音：

「好吧，死馬當作活馬醫，十分鐘後學校門口見，我告訴你，你要是修不好我的電腦，我……」

張小花「我」了半天沒有下文，最後「啪」一聲掛了電話，大概她一時還沒想好要怎麼收拾劉嘯。

「切，誰怕誰啊！」劉嘯收起電話，看著手上的海報，不由嘆道：「早知道就不折騰了，扔了貼，貼了扔的，最後還被人罵得灰頭土臉。」

他的眼光在海報上最後掃了一遍，突然陰笑了起來。

幾分鐘後，就見劉嘯站在校門口，一手插兜，一手舉著一片參差不齊，又髒兮兮的小紙片，紙片上寫著「張小花」三字，一看就是從那張海報上撕下來的，其餘部分大概已經被他扔到垃圾桶了吧。

過往的人，只要看到紙片上的字，全都「噗哧」一聲笑，然後奇怪地看

著劉嘯，低聲議論：

「這人等誰呢，男的女的？怎麼起這麼怪的名字。你說這人會不會腦子受什麼刺激了，或者被網友騙了？」

周圍人議論得越厲害，劉嘯就越得意，把紙片舉得更高了。

「舉累了沒？我說你這人無聊不無聊？」

劉嘯只覺得背後一冷，聽聲音，他知道是張小花到了。

「不累，不累，為美女服務嘛！」

劉嘯嘴裏嘻嘻哈哈，心裏卻暗自祈禱，他不敢回頭，怕自己一回頭，就看見一頭活生生的母夜叉凶神惡煞般地站在自己面前。

「那你繼續站吧，什麼時候累了，就說一聲！」

「為美女服務也是要休息的嘛！」劉嘯把紙片揉作一團，然後深深地吸了一口氣，定定神，這才敢慢慢轉過身，道：「張小花同學，我們走吧。」身子是轉過來了，可他的頭還沒轉過來，臉上一副慷慨就義、要上刑場的表情。

「走吧！」

張小花說完就走，走了兩步，便發現了劉嘯那個奇怪的姿勢。

「你還要等人？」

「不是，不是，脖子有點癢而已！」

劉嘯伸手在脖子上撓了幾下，才把脖子扭正。等他扭過頭，「咦」了一聲，然後原地轉了一個圈，他沒看到張小花。

準確地說，他眼前站了一個女孩，只是那女孩太漂亮了，一身白色的運動休閒套裝，長髮也用一個白色髮結束在腦後，就像一個充滿陽光的天使，劉嘯怎麼也無法把這樣的人和蠻橫傲慢的張小花聯繫到一起，所以才會轉圈尋找著真正的張小花。

「毛病！」那「天使」皺了皺眉，轉身繼續走。

聲音沒錯，劉嘯頓時傻了眼，原來真的是人不可貌相，誰能想到這樣漂亮的人會有個這麼俗氣的菜市場名，如此有氣質的人竟會是那副脾氣。

「唉，要是脾氣改一改，那該多好！」

劉嘯免不了在心裏一番腹誹，等發覺張小花已經走出好遠，他急忙叫道：「張小花同學，你去哪裡？你電腦不在學校嗎？」

此話一出，周圍人「刷」一下齊齊看過來，都想知道張小花是男是女，究竟長得什麼模樣。

張小花沒有應聲，走得更急了。

劉嘯只好快步追上，嘴裏不住道：

「你等等，你等等。」

大概走出三五百米遠的樣子，張小花在一個停車場門口停了下來，等劉嘯走近，道：「你在這等我一會兒。」說完就進了停車場。

劉嘯看著張小花走了進去，有點納悶，摸著下巴，「難道她還有車？怪不得脾氣這麼大，說不定是富家小姐呢。」

片刻之後，劉嘯又推翻了自己的論斷，「富家小姐怎麼會起這麼俗的名字，難道這張小花是被富商包養的？」

望著黑黑的停車場，劉嘯對張小花的印象又差了幾分。

一輛漂亮的賓士小跑車緩緩駛了出來，停在劉嘯的跟前，車門自動打開，探出張小花半邊臉，「上車！」

「去哪兒啊？」劉嘯問，心想這富商還真捨得下本錢。

「修電腦去！」張小花白了一眼，「廢話真多！」

這個白眼讓劉嘯很不滿，心道：你一個被包養的神氣個屁，便回瞪了一個白眼，可惜張小花的頭已經縮回車裏，並沒有看到，劉嘯只好悶悶地鑽進車裏。

不知道是車好，還是張小花的車技好，車子一路上又快又穩，半個小時後，車子鑽進了本市最豪華的別墅群——名仕花園。

張小花在一棟別墅前停了車，別墅裏出來一個保姆模樣的中年婦女站到門口，笑臉看著車子。

張小花走到門口，問道：「韓姨，我爸回來了沒有？」

「還沒，張先生今天晚上要宴請一個客人，不在家裏吃晚飯。」

張小花「哦」了一聲，朝劉嘯招招手，示意他跟自己進來。

進到裏面，劉嘯還沒來得及打量屋裏的豪華裝飾，就被張小花帶到了樓上的一個房間。

「這是你家啊？」

劉嘯話剛一出口，就感覺自己這個問題真是多餘，剛剛在門口，張小花已經在問保姆她爸的事情了，現在滿屋子裏都是張小花的照片，從小到大的都有，還有一排鋼琴、球類的得獎獎狀，琳瑯滿目，這已經足夠證明這就是張小花的家，看來自己剛才有些誤會張小花了。

只是劉嘯仍很費解，他怎麼也無法想通張小花這個名字是怎麼來的。

張小花果然沒回答劉嘯的這個白癡問題，逕自走到書桌跟前，指著桌上的電腦，「就是它了。」

劉嘯只好收起自己心裏的不解，走過去坐到書桌前，啟動了電腦。

「你先說說你是怎麼發現電腦被駭客入侵的。」

「上個星期三，晚上我回到家裏，打開電腦，發現桌面上多了一個檔案。」

「檔案？什麼檔案？」劉嘯問。

張小花見電腦已經開機，就過去點開了一個檔案夾，指著一個檔案道：

「就是它，連續一個星期，我每天打開電腦都能收到，搞得我現在都不敢在電腦上幹什麼了。」

劉嘯點開檔案，發現裏面是一個很詳細的記錄檔，張小花幾點幾分和誰聊天，幾點幾分流覽某個網站，幾點幾分聽了什麼歌，幾點幾分又在看什麼視頻，記錄得非常詳細，最後面卻是一句話：

「張小姐你看書的樣子真迷人。」

劉嘯又打開其他幾個檔案，裏面也是記錄檔，最後同樣都有一句莫名其妙的話，比如「張小姐發呆的時候也是如此迷人」，「張小姐身材真好」等等。

劉嘯的第一個反應就是「對方看得見張小花。」於是問道：「上星期二晚上你看書了嗎？」

張小花點了點頭，「《傲慢與偏見》。」

劉嘯站起身來，在電腦螢幕後面發現了一個視頻鏡頭，視頻鏡頭的方向背對電腦，面向著梳粧檯還有屋子中間的大床。

「這個視頻鏡頭是你裝的？」

「電腦買來的時候就有，我不喜歡用，就一直把它放在電腦後面。怎麼？有問題？」張小花看著劉嘯。

「現在還不敢確定！」劉嘯把自己的包打開，邊掏東西邊道：「我只是懷疑那駭客用這個視頻鏡頭偷窺你。」

「偷窺？」張小花一聽就急了，立刻就要拔掉視頻鏡頭。

「你先別著急！」劉嘯一把拽住了她，「不一定，這只是我的猜測。再說，如果是真的，你現在拔掉了鏡頭，那個駭客肯定會有所警覺，說不定因此就抓不到他了。難道你不想知道是誰在偷窺你？」

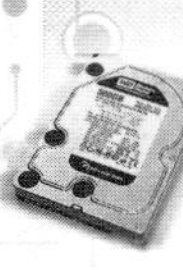
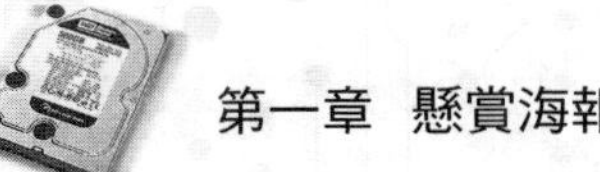

「太可惡了！」張小花臉都綠了，牙齒咬得格格響。

劉嘯點開電腦的內部設定，看了一下ＩＰ位址，道：

「這是區域網的ＩＰ，這裏應該是社區寬頻光纖接入，然後每戶分配一個固定的ＩＰ位址，唔，速度還不錯，四Ｇ寬頻。」

張小花顯然不懂這些，道：「不清楚，都是物業搞的。」

「那就沒錯了！」劉嘯點了點頭，「如果我沒猜錯的話，這個駭客離你不遠，應該就在這個名仕花園之內！」

「讓我抓到他，我絕饒不了他！」張小花咬牙切齒地說。

劉嘯把自己的測試軟體放進電腦，「我先檢測一下，確定一下那傢伙是怎麼進到你電腦裏的。」

一時半會兒檢測結果也不會出來，劉嘯就站了起來，打量著一旁書櫃裏的書籍和各式獎狀獎盃。

「你很厲害嘛，這麼多獎狀獎盃！」

張小花搖了搖頭，不置可否。

劉嘯只好換另外一個話題，「對了，我記得你在學校已經貼了三次海報，難道前三次來的人都沒發現這個鏡頭嗎？」

「別提了，提起來我就生氣！」

「怎麼回事？」劉嘯有些莫名其妙，就算那些人沒幫張小花弄好電腦，也犯不著生氣啊。

「第一個撕海報的人，來了後點點看看一番，就說是我電腦中了什麼木馬程式，要裝殺毒軟體才能清除。我電腦裡本來裝有正版的殺毒軟體，那傢伙非說國產的不行，要用國外的。我就讓人買來一款國外的殺毒軟體，那傢伙安裝之後，結果造成兩個殺毒軟體衝突，電腦根本無法啟動。」

「什麼？不會吧！」劉嘯的眼睛瞪了起來。

「第二個來了之後倒乾脆，說重灌一下作業系統就可以，灌完就拿錢走人；第二天，那個檔案又出現了，我去找他，他說再重灌。」

「不是吧！」劉嘯的眼珠子更大了。

張小花也很無奈，道：「第三個更離譜，來看了後，說我的電腦鍵盤不是專用的，滑鼠靈敏度不夠，顯示器不夠新，記憶體也應該再大一點，顯示卡款式有點老舊。」

劉嘯再次驚呼一聲，他第一次聽說升級電腦配備可以防止駭客入侵。

「那傢伙指指點點之後，就在我電腦上裝了一款遊戲，玩了兩個小時

後，說問題解決了，讓我付錢，被我攆走了！」

張小花指著螢幕上的一個圖示，「吶，他裝的遊戲我還沒來得及刪呢。」

劉嘯定睛一看，不禁「噗」一聲笑了出來，原來是一個魔獸遊戲狂，怪不得嫌張小花的電腦配備不夠專業。

劉嘯搖了搖頭，道：「我還以為敢撕海報的人，都是有點真本事的人，至少會比我強一些，沒想到是個人都敢撕啊，嗨！」

張小花白了劉嘯一眼，道：

「你也不一定比他們強，我告訴你，你要是敢拿視頻鏡頭在我面前危言聳聽，最後又搞不定那駭客，非但一毛錢都別想拿到，我還要讓你吃不了兜著走。」

劉嘯聳聳肩，他終於知道中午那會兒為什麼張小花一聽到自己是揭海報的人便極度懷疑，原來是前面出了三個害群之馬。

第二章　電腦駭客

劉嘯給那個位址發了一個探測訊息，道：「我可以肯定駭客就是從這個位址入侵了你的電腦，但這並不是說那台電腦的主人就是我們要找的駭客，也可能是駭客先入侵了那台電腦，然後再通過那台電腦進入你的電腦。」

電腦發出「叮」的一聲，劉嘯知道自己的工具完成了檢測，於是坐回到電腦前。

「看來是個高手啊！」劉嘯笑了笑，「我這次沒有白來！」

只見螢幕上彈出一個對話方塊，上面顯示了幾個字：「範圍一二九」。

「什麼意思？」張小花問道，「找到是誰沒有？」

劉嘯沒有回答她的問題，而是打開了電腦的日誌記錄，裏面空空蕩蕩，一條記錄也沒有。

「日誌也被他清理乾淨了，這傢伙手腳還挺乾淨，一點痕跡都沒留下。」

「你到底在說什麼呢？」張小花聽不懂，有些著急。

「哦，是這麼回事！」劉嘯頓了頓，琢磨著要怎麼說才能給張小花解釋明白，「入侵你電腦的駭客是個高手，他沒有在你的電腦裏裝木馬，而是利用一個還沒有公佈的系統漏洞進行即時入侵，也就是說，他想什麼時候進到你的電腦裏，他就什麼時候進來。進來之後，他可以進行任何操作，可以打開你的視頻鏡頭來監控你，對你在電腦上的操作也完全瞭若指掌。」

「那你知道他是誰了嗎？」張小花比較關心結果。

劉嘯搖搖頭，「這個傢伙把電腦上的所有日誌都刪除了，我暫時還不能確定他的位置。」

張小花不禁有些鬱悶，坐到了一旁的大床上。

「不過你放心，我有辦法可以抓到他的。」劉嘯看著張小花，「但是你得配合一下。」

「怎麼配合？」張小花又站了起來，「只要能抓到他，我一定配合。」

「我現在在你的電腦上設置一個陷阱程式，只要那個傢伙再次進入你的電腦，這個陷阱程式就會記錄下他的位置，並且進行簡單的追蹤和欺騙。」

劉嘯說話的同時，已經開始往電腦裏拷貝東西了。

「你要做的，就是當作一切都沒發生過，晚上你像往常一樣使用電腦，只要他今天還來，明天我們就會知道他是誰了。」

「就這麼簡單？」

「兵來將擋，水來土掩，這本來就不複雜！」

劉嘯笑了笑，開始在電腦上安裝自己的陷阱程式，大概過了三五分鐘，他站了起來，「好了，等明天抓到那個傢伙，我再幫你把作業系統的漏洞修補好，以後就可以高枕無憂了。」

「真的可以抓到那個人？」張小花有些懷疑。

「行不行，明天不就知道了嘛！」劉嘯把自己的東西收到包裹，往肩上一挎，「我先回學校了，明天我再過來。」

張小花有些不放心地看了看電腦，道：「好吧，那明天我再聯繫你。唔，對了，你叫什麼來著？」

「劉嘯！」

「好，我記住了。」張小花似乎是想起了中午的事情，「中午實在不好意思，我的態度不太好。」

「沒事，我可以理解。如果我電腦出了問題，而每次找到的人都像你說的那樣不堪，我也會崩潰的。再說，我這人也很小氣，下午還在學校門口出你洋相，咱們就算是扯平了吧。」

「那我送你吧！這社區的保安看見生人，查得很嚴。」

「呵呵，那就麻煩你了。」劉嘯笑了笑，「說實話，我還是第一次來這種豪華的別墅，正好參觀參觀，體驗一下。」

劉嘯走了兩步，突然想起一件事情，道：「對了，你的電腦出問題，為什麼不直接去電腦公司安全維修部門找人，倒想起在學校找呢？」

張小花嘆了口氣，「別提了，這事一時半會兒說不清楚，以後再跟你說吧。」

劉嘯心裏雖然很是費解，但也不好再追問，就跟著張小花走出了別墅，張小花一直送他出了名仕花園。

第二天下午課程結束後，張小花早早等在了學校門口，一路狂飆，把劉嘯又載到了她家裏，她急於知道那個糾纏了自己一星期的駭客到底是誰。

劉嘯打開電腦，按了一個按鍵，螢幕上便彈出一個程式的對話方塊，劉嘯一看，狠狠拍了一下大腿，道：

「果然沒錯，那個駭客就在這個社區內。」

劉嘯摸著下巴笑道：「真是邪門，我聽說這個社區內住的都是富豪級人物，沒想到富豪也有吃飽了撐得慌的時候，天天跑來駭你的電腦，會不會是你的追求者啊？」

「廢話少說！」張小花臉一黑，「告訴我是誰就可以了！」

劉嘯指著螢幕道：「就是這個地址，你到物業中心查一下這個ＩＰ位址是屬於哪幢別墅的，就可以知道是誰了。」

張小花拿起一旁的電話，就要叫物業中心，被劉嘯給攔住了，「我話還沒說完。」

「還有什麼事？」

劉嘯給那個位址發了一個探測訊息，發現那台電腦此刻並沒有啟動，於是道：「我可以肯定駭客就是從這個位址入侵了你的電腦，但這並不是說那台電腦的主人就是我們要找的駭客，也可能是駭客先入侵了那台電腦，然後再通過那台電腦進入你的電腦。」

「怎麼這麼麻煩啊！」張小花有些煩躁，「那你要怎麼樣才能確定那電腦的主人究竟是不是駭客啊？」

劉嘯敲著鍵盤，「現在那台電腦沒啟動，要等他啟動之後，我到他的電腦裏看一看就清楚了。」

「那要等到什麼時候啊？」張小花圍著書桌踱步了起來。

「根據記錄，昨天晚上，那傢伙是九點多一點的時候進入你電腦，我想那台電腦大概會在九點左右開啟吧。」

「九點？」張小花聽到這個時間，似乎面有為難之色，道：「你等我一會兒。」說完就出了房間。

一會兒，外面傳來張小花和保姆的對話。

「韓姨，我爸今天幾點回來？」

「張先生下午打電話來，說他要去視察澧市的分公司，大概後天才能回來。」

「好，我知道了！」

張小花回到房間，道：「好，就按你說的辦，只要對方一開機，你就去確認一下。」

劉嘯點了點頭，心裏卻一陣狐疑，他發現自己很難理解張小花的行為，電腦遭到駭客入侵，她不找專業的安全人士來幫她，而是在學校裏找人；找到人還要偷偷摸摸，不讓自己的父親知道，不曉得她這葫蘆裏到底賣的什麼藥。

時間還早，劉嘯找了幾個話題，想和張小花聊聊天打發時間，無奈張小花似乎不太願意跟他說話，接了兩句就沒下文了，劉嘯只得放棄這個念頭，在電腦上設置好對方的上線提醒，就找了個網站看帖子去了。

吃過晚飯沒一會兒，張小花的電腦就叫了起來。

「對方上線了！」

劉嘯叫了一聲，衝到電腦前，打開一個程式開始掃描對方的電腦。

「怎麼樣？」張小花湊過來看了半天，沒看懂那些密密麻麻的資料。

「我正在尋找對方電腦中的漏洞！」劉嘯盯著那些送回來的資料，眉頭有點緊，「一般來說，個人電腦的漏洞會相對少一些，而且對方的電腦又被高手打過補丁，修復過缺陷程式，所以目前還沒有發現什麼可以利用的漏洞。」

張小花很著急，但一點忙也幫不上，只好煩悶地站在一旁看劉嘯忙活。

「放心吧，我會找到的。」劉嘯安慰了一句，繼續盯著螢幕上的資料。

張小花看了一陣子，突然問道：「你學的是電腦專業？」

「算是吧！」劉嘯沒抬頭，道：「電子商務，跟電腦和網路都沾點邊。」

「你對網路安全很在行？」張小花繼續問道。

「還行吧！」劉嘯笑笑，「算是我的一個愛好，平時沒事喜歡研究研究！」

張小花「哦」了一聲，不再發話。

「找到了！」劉嘯突然叫了起來，捏緊拳頭揮了一下，「幸虧我用的是我自己設計的掃描器，不然還真找不到這個漏洞。」

張小花腦袋再次湊了過來，還是看不懂。

劉嘯停止了掃描，陰笑著調出另外一個程式，「放心，三分鐘之後，我保證讓你看到對方機器上的東西。」

劉嘯還沒來得及發動攻擊，就聽電腦「叮」的一聲，彈出一個提示框：「入侵，範圍一二九！」

「不好！」劉嘯笑容掛在了臉上。

「怎麼了？」張小花急忙問道。

「那個傢伙又進到你電腦裏了！」劉嘯壓低了聲音，「不要說話，站到我身後，千萬不要到視頻鏡頭那邊去，小心這個傢伙會打開麥克風和視頻鏡頭。」

張小花站到劉嘯背後，低聲問道：「那現在怎麼辦？」

「先稍等一會兒，看看這個傢伙會幹什麼！」

劉嘯現在有點拿不準，難道是對手發覺了自己的掃描，跑過來示威？

螢幕上劉嘯的那個陷阱程式不斷地刷新著，顯示著對方進來後的所有操作記錄。劉嘯觀察了幾分鐘，扭頭對後面的張小花說道：

「沒事，對方沒有發現我們的反入侵。我現在就到他的電腦上看看，我的那個陷阱程式會發送一些資料欺騙他，但時間不會太長，希望順利吧！」

劉嘯說完，就發動了攻擊。

張小花讓他這番神秘的一說，緊張得手心都攥出一把汗來，簡直比看恐怖片還要緊張。

劉嘯很輕鬆就利用漏洞獲得了對方電腦的最高許可權，然後連結到對方的電腦上，鍵盤上敲了幾個命令，螢幕上顯示出滿滿的字母，看得張小花一陣眼花。

劉嘯指著其中的一串字母，「這是對方現在正在使用的用戶名，你看看，以前有沒有見過這個英文名字？」

張小花搖了搖頭，「沒見過。」

劉嘯只好又敲了一個指令，螢幕再次刷新，還是密密麻麻的字母。

劉嘯看了一會兒，突然笑了起來，「太好了，對方的電腦上也有視頻鏡頭！我們就看看這個傢伙到底長什麼樣吧！」

劉嘯劈哩啪啦一陣敲打，螢幕上就出現了一個進度跑速顯示，似乎他在對方的電腦上拷貝一些程式。

等進度跑到盡頭，便彈出了兩行字母，這次張小花終於看明白了，那兩行字母的意思是：「程式拷貝完成」、「程式成功運行」。

劉嘯關掉了剛才黑白背景的介面，切換到桌面，又按了按鍵盤上的幾個鍵，便彈出一個新的對話視窗，再輸入對方的ＩＰ位址，程式就顯示連結成功。

「讓我們打開他的視頻鏡頭，看看他的廬山真面目吧！」

劉嘯一陣陰笑，按了一個按鈕，螢幕上出現了一個黑色的畫面，過了幾秒鐘，那黑色畫面逐漸清晰起來，一個大概二十多歲的年輕男子，戴著一副金邊眼鏡，嘴裏咬著根雪茄，在電腦前敲著鍵盤。

「是他！」張小花顯然認識對方，當下臉色變得非常難看。

「有點眼熟啊！」劉嘯仔細打量了片刻，發現自己好像見過對方，可想了半天也沒想起來是在什麼地方見過。

劉嘯看不見張小花的臉色，繼續著自己的操作，指著螢幕自言自語道：

「你看，這是那台電腦此刻的網路連結情況，這個位址是我們的電腦，另外一個是社區的鬧道，由此看來，入侵你電腦的就是這個傢伙，我可以肯定。」

半天沒聽到張小花的反應，劉嘯這才回過頭去問：「你怎麼不說話啊！」

張小花似乎在想什麼事情想得出神，聽到劉嘯的話才回過神來，道：「你繼續你的！」

「好，那我先把這傢伙電腦上的日誌拷貝過來，這是他入侵你電腦的證據，就算他今後想抵賴也沒辦法。」

劉嘯很快把對方的日誌備份了過來，然後繼續道：「我再找找這傢伙一個星期內建立的新檔，看他是不是從你電腦上偷了什麼資料。」

劉嘯設定了搜索條件，就見程式不斷地把對方電腦上符合要求的檔案顯示了出來。

「你來看看，這些檔案是不是你電腦上的。」劉嘯回頭喊張小花。

張小花粗粗流覽了一下，搖搖頭，「不是！」

「那就奇怪了！」劉嘯捏了捏下巴，「既然不是偷竊資料，那他每天入侵你電腦，總不是為了只想知道你的行蹤吧。」

劉嘯看搜索結果裏有個名字叫做「zhang」的檔案夾，順手打開，發現裏面全是照片，他隨便選了一張下載過來，打開一看，劉嘯不禁傻眼，道：

「乖乖！這個傢伙原來是個偷窺狂！」

圖片上，張小花穿著睡衣，正坐在梳粧檯前化妝，一看就知道這是從視頻鏡頭上截取的。

劉嘯趕緊又下載了幾張，裏面全是截取的圖片，有張小花躺床上看書的，換衣服的，五花八門。

劉嘯不禁問道：「你的電腦是不是每天都開著不關啊？」

張小花此時氣得滿臉通紅，大吼道：「都給我刪掉！全都刪掉！」

「我可提醒你，這可是他偷窺你的證據，刪掉了可就沒了！」劉嘯說道。

「我叫你刪掉，你沒聽見啊！」張小花很激動，拉開劉嘯，就要自己動手去刪圖片。

「別亂動，我來，圖片都在對方的電腦上，你不知道怎麼刪。」劉嘯趕緊搶過滑鼠，道：「那我真的刪了啊。」

劉嘯又問了一次。張小花沒回答，眼裏泛起了淚花。

劉嘯搖了搖頭，便把剛才搜索出來的那些圖檔全部刪掉了，繼而說道：

「好了，我已經刪掉了，你如果要想告那傢伙，有日誌記錄就可以的。」

張小花突然拉開旁邊的一個櫃子，「刷刷」拽出幾疊大鈔，「啪」一下全甩到劉嘯面前，連哭帶吼道：

「這些都給你，現在你替我監視那傢伙，監視他的一舉一動，還有，把他電腦上的資料都毀了，全部都毀了！」

「這……」劉嘯站起來，「你先冷靜一下好嗎！」

「你到底做不做？」張小花吼道。

劉嘯搖了搖頭，「何必呢，你要是真想解氣，憑這些證據完全可以起訴他，那時候自然……」

「不做就給我滾！」張小花指著房間的門，瞪大了眼睛。

劉嘯還想勸張小花幾句，但是看她現在激動的樣子，便知道自己說了也是自討沒趣，只好把自己的東西一收，背起背包道：

「你此刻的心情我完全理解，我也很難過，但我還是希望你能冷靜一些，不要因此做傻事，我先走了。」

劉嘯一出房門，就聽身後「匡噹」亂響，八成是張小花踹翻了書桌，然後就見那個叫韓姨的保姆緊張地跑了進去。

劉嘯抽了自己一個嘴巴，「你手怎麼這麼賤啊，點什麼不好，非要去點那些圖片。」

劉嘯悶悶地走出張小花家，心想那一萬塊錢的賞金算是泡湯了。

這次的海報沒有白撕，那個傢伙既然能夠利用系統中不為人知的漏洞，就完全算得上是駭客中的高手，劉嘯碰到了高手，而且還親自出手揪住了高手的尾巴。可是劉嘯怎麼也高興不起來。

從張小花家裏回來後，劉嘯就一直在想一個問題：怎樣才算是一個真正的駭客高手。

在劉嘯的心裏，他認為駭客就應該像一名俠客，大則為國為民，中則行俠仗義，下則獨善其身。而自己今天碰到的這個駭客，從技術層面講，他的確是位高手，但他卻把自己高明的技術用在偷窺他人的隱私方面，行為如此下作不堪。

就是比起當年那個駭掉劉嘯網站的傢伙，也有些不如。這樣的人，究竟能不能算是駭客呢？

駭客高手的隊伍中，竟然會有如此沒品的人存在，這讓劉嘯多少有些難受，他此刻很同情張小花。

張小花是這次事件中的受害者，她不知道電腦上的視頻鏡頭還可以被用來偷窺，真是「人在家中坐，禍事從天降」。

劉嘯完全可以理解張小花為什麼會那麼狂暴，他想給張小花打個電話，安慰安慰她，可是始終提不起這個勇氣，他怕張小花尷尬，甚至惱羞成怒，把自己的好心當成驢肝肺。

就這麼渾渾噩噩地想了一上午，到中午吃飯的時候，劉嘯接到了張小花的電話。

「你……嗯，還好吧？」劉嘯想好的那些安慰詞，一下子全忘光了。

「我沒事！」張小花停頓了很久，「那個，昨天晚上我不該衝你發火。」

「沒事沒事，我能理解。」劉嘯呵呵笑著。

「我有件事還得再麻煩你，不知道你下午課結束後有沒有時間？」

劉嘯想也沒想，直接拍了胸脯。「有時間，什麼事你說吧，不麻煩。」

「我記得你說過，要給電腦打什麼補丁，我今天新換了一台電腦，我想讓你過去幫我弄一下。」

劉嘯笑了起來，「行，沒問題，這是我本行。那還是下課後學校門口見？」

張小花沉吟了片刻，道：「不，我下午還有點事情去辦，你直接去我家就可以了，我會讓韓姨在社區門口等你。你那一萬塊錢的賞金我也準備好了，也放在韓姨那裏了，你到了之後，她會給你的。」

劉嘯知道張小花現在肯定不想見自己，女孩子嘛，發生這種事，多多少少有些尷尬，所以劉嘯就很痛快地答應了下來，道：

「你放心吧，我會把你的電腦搞得固若金湯、堅不可破。」

張小花「嗯」了一聲，良久之後，才低聲道：「謝謝你。」

「不用謝！」劉嘯說完，發現自己又沒話說了，電話裏一陣沉默。

最後還是張小花開了腔：「如果沒什麼事的話，那我就掛了！」

掛了電話，劉嘯又後悔了，他想了那麼多安慰的話，怎麼就沒說出口呢，這時候張小花是多麼需要安慰啊，而且能安慰美女的機會可不是天天都有的，這麼好的機會，自己竟然這麼輕易就放過了，劉嘯懊悔無比，嘆了口氣：「天妒英才、馬失前蹄吶！」

下課後，劉嘯便直接坐車去了名仕花園，到了之後，保姆韓姨果然等在

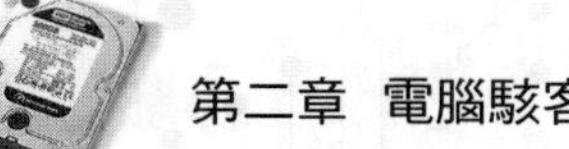

門口，很熱情地領了劉嘯進去。

「小姐已經吩咐過了，你直接去她房間就可以。」韓姨給劉嘯打開了房間門，「我去給你倒水。」

「韓姨，你不用麻煩了！」劉嘯急忙說，「我弄完就走，用不了多少時間的。」

「這是誰啊？」別墅大客廳的影壁後面，突然傳來了一個渾厚的男音。

「小姐的同學！」韓姨答了聲，便自顧自地去倒水去了。

劉嘯有些好奇，側頭往影壁後面看了一眼，一個大約五十歲的中年男人，穿著一件背心和一條褲衩，光著腳丫，蹲在一個高木頭椅子裏，他面前擺了一盤棋，不過只有他一人，大概是自己跟自己下。

「這是誰啊？」劉嘯心裏開始琢磨了起來，難道是張小花的父親？不對，昨天韓姨不是說張小花的父親去澧市了嗎，要明天才能回來，再說，張小花父親是富豪，哪會這般不堪，就算是在自己家裏，也不能隨便成這個樣子吧。估計是韓姨趁張小花父女倆都不在家，把自己老公什麼的給放進來了，這也是人之常情嘛。

劉嘯想到這裏，再次側頭往影壁之後看去，就見那中年男人在棋盤上比畫了半天，似乎決定不了如何行棋，拿手撓了撓頭，又垂下來去摳腳。

這下可好，摳起來還沒完沒了，直到他想起下步棋該怎麼走，這才戀戀不捨地把手收了回去，去挪動棋盤上的棋子。

劉嘯胃裏一陣噁心，那腳也不知道洗了沒洗，一副好端端的棋子就這樣給污染了，劉嘯反射動作地拿手在鼻子下面扇了扇，似乎已經聞到了那股若有若無的腳臭味。

不巧的是，那中年男人此時剛好抬頭往劉嘯這邊看來，劉嘯手在鼻子下面扇風的樣子就被他看到了。

「怎麼？你認為我的棋下得很臭，臭不可聞？」那人站了起來，一臉不悅地看著劉嘯。

第三章　頂尖高手

駭客界高手如雲，但以五個人的技術最為高明，便是大名鼎鼎的「南帝龍出雲」、「北丐獨孤寒」、「東邪邪劍」、「西毒殺破狼」以及「中神通黃星」。這五人都是國內駭客界的神級人物，留下不少讓人稱頌的傳奇。

劉嘯這下傻了，說是也不行，說不是也不行，要麼是棋臭，要麼是腳臭，怎麼選，自己都討不了好。

「既然覺得我棋臭，那就來一盤吧！」中年男人很不爽，「我倒要看看你的棋能高明到哪裡。」

事到如今，劉嘯也只好將錯就錯了，笑呵呵地道：

「大叔你誤會了，其實我的棋下得也很爛，不過你一人下棋也確實挺悶的，不如我來陪你下一盤，解解悶吧。」

劉嘯卸下肩上的背包往旁邊一放，就走了過去。

那中年男人臉色才稍稍好轉，迅速把棋子歸位，看著劉嘯，「來，你先請吧。」

劉嘯皺了皺眉，道：「家裏就這一副棋嗎？」

「怎麼？這棋子有問題嗎？」中年人奇怪地看著劉嘯。

「問題倒是沒有，不過……」

劉嘯撓著頭，不知道這話該怎麼說，他一想起這些棋子可能被摳過腳的手把玩了很多遍，胃裏就一陣陣犯酸，實在是坐不住，更別提下棋。

「行，那就換一副。」中年人雖不悅，但還是站了起來，往客廳那邊走去，嘴裏道：「這下棋不怎樣的人，毛病還挺多。」

「我……」劉嘯吃了個癟，有點不高興，這話說的，好像你下棋就有多高明似的，又不是我要下棋，是你自己非要拉著我下。

中年男人很快抱了一個棋盒走了過來，在劉嘯面前打開，「看清楚，這棋子可是用上好的玉石雕刻，這下總沒什麼毛病了吧。」

劉嘯悶悶地點了點頭，開始收拾棋盤，他把紅色的棋子推到了對方那面，「紅的給你，你先下。」

「我這人下棋有個毛病，喜歡讓別人先走，否則就是不給我面子。」中年人把紅子又推了過去，「再說，我也不能占你年輕人的便宜啊。」

劉嘯一樂，心想：你可算是讓我抓到了漏洞，於是不疾不徐地道：「那些下棋不怎樣的人，往往毛病最多。唔，這話很耳熟，好像是某人剛剛才說的吧。」

劉嘯豎起一根大拇指，很誇張地道：「真理，真理，這句話太有真理了。」言下之意，就是說對方下棋也不怎麼樣。

中年人瞪了劉嘯一眼，「下棋好不好，靠的是棋盤上的真功夫。年輕人，我勸你省著點，別以為會耍嘴皮子，會吹幾個牛就能贏棋，等會兒要是

輸了棋，我倒要看看你小子嘴巴還會不會這麼利。」

「大叔，你這話就不對了！」劉嘯笑咪咪看著對方，「這吹牛吧，還就得趁年輕，年輕人肺活量大，氣力足，沒準還真就能把牛皮給吹起來了。等年紀大了，就是想吹，也沒那個本錢了。自己不能吹，也不能不讓別人吹，是吧？」

對方一味以老賣老，劉嘯也只好以牙還牙了。

中年人這下果然閉嘴，不再搭腔，悶頭擺棋子，他大概是自知嘴上功夫不如劉嘯，要是再這麼鬥下去，自己一生氣，亂了陣腳，這棋還沒下，就已經輸了一半，他是不會中劉嘯的激將法的。

棋子擺好，劉嘯也不客氣，直接把炮往中間一放，道：「當頭炮！」

對方馬上還以顏色，「把馬跳。」

兩人行棋乾脆俐落，甚至不假思索，一口氣就比了十幾回合，互有斬獲。等棋走了一半，兩人這才有點心平氣和，開始認真起來，棋自然也就下得慢了起來。

半小時之後，再觀棋局，已經到了收官階段，中年人盯著棋盤凝神思考，眉心都擰成了麻花，劉嘯的一車一炮一卒已經對自己的帥形成了夾攻之勢，凶險無比。

中年人思索良久，仍然無法破解，習慣性地把手一伸，腳一抬，又蹲在椅子裏開始摳腳。

劉嘯大大反胃，趕緊站了起來，「你慢慢想吧，我先去把正事辦一辦。」

中年人有些著急，一把拽住劉嘯，「棋還沒下完呢，你不能走。」

「我不走！」劉嘯一陣心疼，自己剛買的衣服，就這麼被對方摳過腳的手給抓了，也不知道有沒有腳氣，劉嘯急急掙脫，「我就在樓上修電腦，你慢慢想，想好了再喊我，沒分出輸贏之前，我肯定不會走的。」

中年人還想拽著，劉嘯卻麻利地閃開，拽起背包就往樓上跑去。

「我就快想出來了，你小子可不要偷偷溜走啊！」中年人對著樓上大喊。

「放心吧，你想贏，我還不想輸呢！」劉嘯「啪」一聲關上房門，心想這老頭真是有意思，明明自己快輸了，嘴上卻硬氣得不行，搞得好像是別人因為怕輸要開溜似的。

劉嘯一回頭，就看見了張小花的新電腦，晶亮晶亮的，是一款剛剛上市

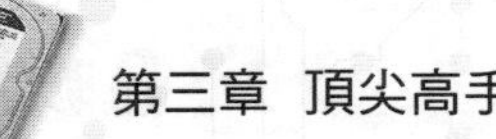

的電腦，饞得劉嘯直流口水。

「等拿了賞金，老子也換一台這樣的。」劉嘯走到書桌前，眼睛直冒光，一邊摩挲著電腦，一邊恨恨地說道。

等一陣掐算，他便有些喪氣，一萬塊似乎遠遠不夠，光是桌上這款最新的液晶顯示器，就將近一萬塊了。

劉嘯有點鬱悶，把口水憋回肚子裏，打開電腦開始幹正事。

他先把系統中一些沒用的、有風險的設置和系統服務統統關掉，然後打開工具，開始給系統打補丁，又順手設置電腦的安全防護。等設置好安全防火牆，補丁也剛好打完，劉嘯按了電腦的重新啟動鍵，電腦重新啟動之後，這些補丁和策略就開始生效了。

「大功告成！」劉嘯把頭往椅子裏一靠，舒展著身體，抬手看了看時間，才過去不到二十分鐘。

劉嘯扭頭看了看門口，這麼長時間了，樓下那人竟然還沒喊自己下去。

「這老頭，不會還沒想好要怎麼走吧！」劉嘯笑著搖搖頭，這老頭也真是的，直接認輸不就得了，非要硬撐，「也好，你想去吧，剛好我再看看那個高手的電腦。」

張小花把原來的電腦砸了，也不知道扔到了哪裡，劉嘯從對方那裏搞到的日誌記錄，估計十有八九也隨著電腦報廢了，他現在抱著萬分之一的希望去試試，希望能再搞一份記錄過來，自己拿了張小花一萬塊錢，怎麼樣也要把事情辦得圓滿一些。

他發了一個探測消息過去，對方居然在線上，劉嘯趕緊拉出自己的工具，準備再次入侵對方的電腦。

剛把自己的工具拷貝到電腦上，還沒開始行動，電腦就彈出一條消息，看ＩＰ位址，竟然是對方發過來的。

「我們可以談一談嗎？」

「完了，被發現了！」劉嘯只好停止進一步的行動，回覆對方：「談什麼？」

「你的技術很不錯，這台電腦是我親自做的安全防護，能夠進來的人，國內絕不會超過五個人，你是哪位？龍出雲？獨孤寒？還是黃星？」

劉嘯撇了撇嘴，有些反感，心想：這傢伙好大的口氣，竟然敢把自己和龍出雲三人並排，而且說得自己好像跟這三個人很熟似的。

國內駭客界高手如雲，但是如果真要排資論輩，分個高低的話，以五個

人的技術最為高明，便是大名鼎鼎的「南帝龍出雲」、「北丐獨孤寒」、「東邪邪劍」、「西毒殺破狼」以及「中神通黃星」。

這五人都是國內駭客界的神級人物，出道最早，各個技術絕倫，神龍見首不見尾，留下不少讓人稱頌的傳奇，而且口碑很好，是很多駭客仰慕的對象，也是劉嘯的奮鬥目標。

所以劉嘯有點生氣，自己的偶像怎麼會和這種下三濫的人有交情呢，他很不客氣地回道：

「你是在賣弄自己技術高超？還是想炫耀自己交際廣、很威風？如果是這樣的話，你就省省吧。」

對方過了很久之後才發過來消息：

「本人沒有炫耀賣弄的意思，我以為是哪位故交在和我開玩笑，攻破了我設的防線，看來不是。不過，我實在想不出圈子裏什麼時候又出了你這麼一位厲害的後起之秀，如果方便的話，可否報上名號？」

劉嘯捏了捏下巴，這傢伙說得有鼻子有眼的，不會真的和龍出雲他們認識吧？那這個傢伙又是誰呢，國內的神級駭客就那麼幾個，既然和龍出雲他們認識，自然也不是泛泛之輩。

「我無名無號，不過，你既然自吹和龍出雲他們是故交，想必你的名號肯定是名滿天下，如雷貫耳了吧？」

劉嘯正話反說，本想譏諷對方，可是對方回覆的消息卻讓他大吃了一驚，「名滿天下不敢說，圈裏的人都叫我邪劍。」

劉嘯這下確實矇了，他無法判斷對方話的真假。

「系統代碼：一一五二七」對方又發了一條訊息過來。

劉嘯一看到這個代碼，心裏便很明白，對方即便不是邪劍，水準也肯定不在邪劍之下，因為這個代碼正是自己昨天入侵對方電腦所利用的漏洞，對方能在這麼短的時間內找到這個漏洞，絕對是一流的高手。

果不其然，對方接二連三地發過來幾條消息，全是英文字母，劉嘯對這些英文字母並不陌生，對方很清楚地標注出了系統中這個漏洞的詳細資料，以及攻破漏洞的方法和代碼。

「你要談什麼？」劉嘯不得不承認，對方確實有談判的本錢。

「首先，我要對你那台電腦的主人表示道歉，雖然不是我入侵了她的電腦，但入侵的工具是我提供的，這件事我得負責任。」

「現在道歉有點晚了吧！」劉嘯對對方這種既空泛又假惺惺的態度很反

感。

「我們會做出實質性的補償的，下個月，市政府會有個大的工程進行公開招標，張氏企業會參與競標，而他們最大的競爭對手，就是我們廖氏企業。為表示我們的誠意，我們廖氏決定放棄競標。」

「無恥！」劉嘯心裏暗罵了一句，回覆道：「你們以為這樣就可以嗎？做夢！」

「你不是這電腦的主人，你又怎麼知道電腦的主人不會同意呢？」

劉嘯愕然，對方說的還真沒錯，這是張小花自己的事，自己還真沒有權利代表張小花來做決定的。

「我知道你從電腦上拿走了日誌記錄，但你應該很清楚，我有辦法讓那些日誌變得一點價值都沒有。我現在和你談，並不是怕，而是希望能夠大事化小，把這件事私下了結了；如果真的鬧起來，雙方都不會好看。我可以保證，之前所有從你電腦上竊取的檔案都會被徹底粉碎，永遠無法回復。」

劉嘯無奈，「我無法給你答覆，不過我會轉告當事人的。」

「好！我等你的消息，如果你們同意和解，就給我發E-MAIL。」對方的消息後面附了一個E-MAIL位址。

劉嘯把位址記了下來，又問道：「有一點我很不理解，如果你真的是邪劍，你有那麼好的技術，在圈裏更是大名鼎鼎，號召力也不小，你可以做很多事，為什麼要去幫人偷窺？」

「工具是我的，但使用工具的人不是我！我現在也只是在幫人擦屁股而已！」

「為什麼？」劉嘯還是這個問題。

「無可奉告！隨便你怎麼理解！」對方發完這條消息，就下了線，劉嘯還想追問，卻發現消息發送失敗，對方的電腦已經離線。

「東邪？」

劉嘯砸巴了幾下嘴，這傢伙還真有點邪氣，談得好好的，說變臉他就變臉，喜怒無常，怪不得人稱東邪。不過也可以理解，堂堂一個駭客絕頂高手，平時受很多人景仰，現在卻要為一個公子哥擦屁股，不鬱悶才怪。

劉嘯關掉電腦，從椅子上站了起來，起身走了兩步，突然一拍腦門。他想起來了，自己昨天在視頻鏡頭裏看到的那個戴眼鏡的傢伙，叫做廖成凱，是本市的「十大傑出企業家」，海歸人士，廖氏企業的未來掌門人，經常上電視報紙，怪不得覺得有些眼熟。

「媽的！」劉嘯啐了一口，「我還以為這些人都不食人間煙火，成仙了呢，原來比我還不堪，至少老子不會去偷窺。」

劉嘯不免有些得意，自己向來都是明目張膽地「明窺」，雖然從來目標未遂，但至少自己比一些道貌岸然的成功人士要磊落一些。

下了樓來，劉嘯才發現棋局還在，只是下棋的人早已沒影了，不禁笑罵：「靠，還說不讓我溜走，原來他自己早就開溜了。棋品這麼差，怪不得棋藝也不怎麼樣。」

韓姨拿著一個紙袋走了過來，「小姐吩咐，這個袋子要交給你。」

劉嘯拿手一掂，就知道裏面是那一萬塊的賞金，他也不點數，直接塞進自己的背包裏，道：「電腦我已經幫她弄好了，再有什麼問題，讓她打我電話，我先回學校了。」

邪劍，原名張仕海，現年廿九歲，其祖上是一個非常顯赫的大家族，後來家道中落，至邪劍出生時，家中的風光已經不復存在。

幼年的邪劍親歷了家族由盛而衰的過程，生活發生劇烈的變化，邪劍上大學的時候，甚至需要打工、靠助學金才能維持學業。

邪劍在大學裏主修的專業是企業管理，大二時，他在一家電腦城打短工，在那裏，他第一次接觸到網路，並對此產生了極大的興趣，他開始自修電腦專業，並很快顯示出他在這方面的天賦。

大四那年，邪劍在微軟作業系統附帶的網頁流覽器中，發現了一個嚴重的漏洞，一經公佈，就引起了一陣病毒狂潮，也因此引爆一場流覽器變革，之後微軟結束了其在網頁流覽器領域內一家獨大的地位，邪劍一舉成名。

畢業之後，邪劍進入國內最大的互聯網軟體企業——銀豐軟體，一年之後，邪劍辭職離開銀豐軟體，當時業界猜測，他是在銀豐受到了不公正的待遇。

離開銀豐之後，邪劍與自己的好友合夥創辦一家公司，負責為企業和政府的網路提供安全諮詢及安全策略。可惜這個公司也只維持了一年，因為和朋友在公司的發展想法上有很大的分歧，兩人最後只能拆夥。

公司解散後，邪劍也就從人們的視線中消失了，此後再也沒有他的任何消息。

劉嘯看著螢幕，這是他搜集了很多關於邪劍的報導後，總結出來的一份資料，其中並沒有任何關於邪劍負面消息的報導。

換作是以前，劉嘯會認為這是邪劍的口碑極佳，所以沒有負面消息；但現在，劉嘯甚至懷疑，會不會是邪劍用了同樣的談判伎倆，將自己的負面消息全部大事化小、小事化無了。

劉嘯很是費解，邪劍這樣一個已經隱退多年的成名人物，為什麼會突然出現，而且是出現在這麼一起不光彩的事情之中。

他用自己的技術去幫廖成凱入侵他人電腦，甚至進行無聊的偷窺，即便如他所說，這不是他的本意，他只是把自己的工具送給了廖成凱，可他是絕頂的駭客高手，他應該知道會發生什麼樣的後果。

如果是為了竊取商業機密，似乎有些說不過去，第一，社區內的住戶使用的是個人電腦，一般不會有什麼商業機密存在；第二，那就不會是由廖成凱來操刀了，應該是讓技術一流的邪劍來親自出馬，這樣就不會發生被人反入侵的事情了。

如果不是進行商業機密竊取，那又是什麼東西能讓邪劍這樣的神級駭客自降身分呢？是他和廖成凱交情匪淺，還是廖成凱許給了他什麼利益？

劉嘯搖了搖頭，這裏面的關係其實並不複雜，只是他不願意相信邪劍這樣的人會為了一點點蠅頭小利，而做出這樣丟人敗興的事情來。

想了很久，劉嘯還是決定先把跟邪劍談判的事情告訴張小花，可是這個事情還真不好開口，思來想去，劉嘯給張小花發了一條短訊，把事情的來龍去脈以及邪劍的E-MAIL地址一同發了過去。

劉嘯心懷忐忑地等了好久，張小花終於回了一條訊息過來，只有三個字「知道了」，看來張小花已經能夠平靜地接受事實，不再那麼衝動了。劉嘯這才放下心，躺到床上睡覺去了。

事情好像就此過去了，接下來的一段時間裏，張小花再也沒有聯繫劉嘯，而劉嘯也回復到之前的生活狀態，每天都在做自己的畢業設計，閒暇的時候，他仍然會到自習室去睡覺。

畢業的日子一天天臨近，劉嘯也開始四處投人事簡歷，他看中了兩家公司，一家就是邪劍當年曾經待過的銀豐軟體，這畢竟是國內軟體界的老大哥，能進這樣的公司，對劉嘯以後的發展是很有幫助的。

另外一家，是由「南帝龍出雲」創辦的「軟盟科技」。龍出雲出生於書香世家，軟盟科技是他剛出道時註冊的一家公司，雖然在國外註冊，但總部設在國內，多年來籠絡了不少圈裏的精英，公司主要負責為各種大中型網路

提供安全防護，它們有國內最專業的安全團隊，在軟硬體防火牆領域，軟盟科技也是遙遙領先。

劉嘯給兩家公司都投了簡歷，可是一直沒有回音，搞得他很鬱悶，整天長吁短嘆。

「天妒英才，馬失前蹄啊！」劉嘯坐在操場邊的看臺上，看著寥寥幾人在繞圈跑步，想起自己的前途，不禁又開始念起了口頭禪。

「幹什麼呢？這麼怨天尤人的！」

劉嘯的肩膀被人從後面拍了一下，聲音很熟悉，緊接著，一股淡淡的香味傳到了劉嘯的鼻孔裏，有人坐在了劉嘯的旁邊，

劉嘯扭頭去看，卻是好久不見的張小花。

「是你啊。」

「我從這裏路過，剛好看見你坐這裏發呆！」張小花笑呵呵地看著劉嘯，問道：「怎麼？有心事？」

「沒有，就是有點無聊！」劉嘯又嘆了口氣，道：「對了，你電腦最近再沒出什麼問題吧？」

其實劉嘯很想問她和邪劍談判的事情結果如何，但不敢問。

「還好，用著挺好的，謝謝你了。」

劉嘯連連搖頭：「不用謝，我不是拿了你的賞金嘛，拿人錢財，替人消災，當然要把事情辦好。」

「對了！」張小花俏眼盯著劉嘯，「你駭客技術那麼好，跟誰學的？」

「呃？」劉嘯奇怪地看了張小花一眼，「你怎麼問這個問題？」

「那個邪劍說你的技術很厲害，在國內駭客圈絕對能排上號。」張小花說起邪劍，臉色還是有些不自然，「我只是好奇罷了，你這麼好的技術，不是都靠自己摸索的吧？」

劉嘯搖了搖頭，「自己摸索只是一部分，其實我還真的是有個老師，他是我見過的最厲害的高手，我學的這些，不過只是他的一點皮毛而已。」

劉嘯的眼裏充滿了無限景仰。

「能講講嗎？」張小花很感興趣。

劉嘯搖搖頭，「也沒什麼好說的，我只知道他的網名叫做『踏雪無痕』，其他的就一概不知了。」

劉嘯像是想起了什麼，自言自語道：「說來奇怪，我已經好幾個月沒見他在網上露面了。」

「神龍見首不見尾，可能高人都是這樣的。」張小花莞爾一笑，道：「你快畢業了吧？」

劉嘯點點頭。

「工作有著落沒？或者你準備自己幹點什麼？」

「正在找呢！」劉嘯嘆了口氣，「投了幾份簡歷，還沒有回音，估計得再等幾天吧。」

「我這裏有份工作，不知道你有沒有興趣。」張小花眨巴著眼睛，「不會耽誤你太長時間的，我們還是照上次的懸賞模式，你把事情辦好了，我付給你賞金，這次的賞金很豐厚，十萬塊。」

「這麼多？」劉嘯眼睛亮了起來，趕緊表示道：「你先說說看，到底是什麼事。如果是要我幫你駭進別人電腦，竊取資料什麼的，那就算了。」

他對上次張小花暴怒之下的行為有些心有餘悸。

張小花看看四周，又抬手看了看表，道：

「吃飯的時間到了，我請你吃飯，我們邊吃邊說吧。」

這麼一說，劉嘯也覺得有些餓意，站起來摸了摸肚皮，笑道：「還是我請你吧。」

第四章　一物降一物

劉嘯的這些理論倒也論點明確、論據充分、論證條理有序。一旁的張小花差點笑得背過氣去，心想自己這次真是找對人了，劉嘯說不定還真能搞定自己老爸呢，這大概就是所謂的一物降一物吧。

張小花說學校的食堂都太吵了，堅持要去學校外面吃，開車帶劉嘯兜了一圈，最後到了當地很有名氣的「德勝齋」。

進門時，劉嘯伸手摸了摸褲兜裏的錢，臉有些發綠，後悔自己不該說要請張小花吃飯，來這種地方吃飯，少說也得千把塊，萬一張小花說的事情自己幹不了，自己積攢的這點就業資金可是要賠進去不少。

口袋裏沒錢，枉是英雄也氣短吶，進了包間，劉嘯就一直盯著張小花點菜，每點一個菜，他都要先肉跳幾下，然後飛快在腦子裏計算一下，看是不是超過了自己錢包的負荷。

張小花點完菜，看劉嘯的臉色有些不對，便問道：

「怎麼？是不是我點的菜不合你的胃口？」

張小花把菜單推到劉嘯面前，「你再點幾個自己喜歡吃的菜吧。」

「不是，不是，我這人不挑食的。」劉嘯連連搖頭，轉手把菜單遞給服務生，「就這些，趕緊上吧。」回過頭來，劉嘯繼續說道：「我只是在想，你要介紹給我的到底是什麼事。」

張小花笑了笑，道：「其實事情很簡單，只要你能用你自己的知識和手段去說服一個人就可以了。」

「嗯？」劉嘯有些納悶，他不知道駭客知識能去說服什麼人，疑惑地看著張小花，等著對方的解釋。

張小花咬了咬嘴唇，道：「其實你要說服的這個人不是別人，是我老爸。」

「啊！」劉嘯愈發糊塗了，他不明白張小花為什麼要這麼做，如果她想要自己老爹去幹什麼事，完全可以自己去說服，為什麼非要讓一個外人去呢？

「張春生這個名字你應該聽說過吧？」張小花問道。

「張春生……」

劉嘯嘴裏連連念叨了幾遍，突然就叫了起來，「我想起來了，張春生，上過富豪榜的名人，身價上百億……」

劉嘯突然停止叫嚷，奇怪地看著張小花，「你不會是說，張春生就是你的老爸吧？」

張小花點了點頭，「你說對了，他就是我爸。」

劉嘯感覺腦袋一空，張小花家裏有錢他知道，只是沒想到會這麼有錢，上百億，那是個什麼概念啊。

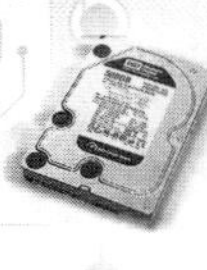

張小花咳了兩聲，把劉嘯的魂喚了回來，繼續說道：「大家都知道我老爸有錢，身價多少多少，有多少家公司，卻不知道他是個老頑固。」

「老頑固？」劉嘯沒想到張小花會這麼評價她的父親。

「我老爸有個毛病，凡是他自己不懂的領域，他就絕不涉足。我父親是農民出身，後來進城當過包工頭，所以我們張氏企業涉及的領域，都是他所熟悉的地產、酒店、養殖、農產品加工之類的行業。如果他僅僅是把這種謹慎的態度放在投資方面，那也不算是件壞事，可是他竟然把自己的這個毛病用在了企業管理上。一個市值百億的大企業，卻沒有電腦和網路，日常行政完全依靠最古老的手工作業，你能想像出這是什麼樣的情景嗎？」

張小花很無奈地看著劉嘯。

「不是吧！」劉嘯的下巴快掉到了地上，驚訝到無以復加的程度，他實在是無法想像，一個超級企業如果離開了電腦和網路資訊系統，將要如何進行運轉。

張小花嘆了口氣，「其實以前我們張氏企業有健全的企業管理系統，各個公司的內部網路也都是請專業的網路公司來負責設計的，一直以來運轉都很正常。前段時間，張氏企業的網路大面積感染病毒，導致企業正常工作中斷了好幾天。禍不單行的是，病毒問題剛剛解決，我們的電腦又被駭客入侵，一份很重要的資料落到競爭對手的手上，導致公司決策失敗，造成了上億的損失。」

「我老爸當初搞企業管理系統，只是聽說電腦好用，沒想到電腦還會出這麼大的問題，於是一聲令下，整個張氏企業的電腦就銷聲匿跡了，一夜之間回到資訊時代之前，企業的運作陷入了很大的困境。我勸了他很多次，他很固執，拒絕使用電腦。」

「不會吧？」劉嘯徹底傻了。

小時候，他的國文老師曾經講過一個故事，說一個人吃飯的時候不小心給噎住，差點背過氣去，後來這個人就因為怕噎而不敢吃飯，最後活活餓死。

當時同學們都說這個人傻，劉嘯卻指責自己的老師是在說謊，他認為世上根本不可能會有這種人。現在，劉嘯想到老師面前去深深地懺悔，誠懇地道歉，他要告訴老師：世上真的有這種人，還是個大富豪。

張小花一臉無奈，「前幾天我自己的電腦被人入侵，我都不敢告訴他，甚至不敢找專業人士來處理，最後只能在學校發了個懸賞海報。如果這事被他知道了，估計二三十年之內，電腦都不要想再出現在我們張氏企業之內，就是家裏我自己用的電腦，八成也會被他扔掉的。」

劉嘯恍然大悟，怪不得張小花捨近求遠地在學校裏懸賞，原來是有這麼個老爹，也真夠她鬱悶的。

想了想，劉嘯說道：「那你要我怎麼辦？」

「我對電腦和網路安全也不在行。」張小花咬著下嘴唇，她也確實沒什麼可行的計畫，「反正不管你怎麼做，只要能改掉我老爸的這個電腦恐懼症就行。」

劉嘯沉眉思索了一會，道：「我們坐在這裏空想也不是個辦法，如果可以的話，我到你家的公司去一趟，說不定可以找出個突破口來。」

張小花笑了笑，「這沒有問題，我明天就帶你去公司轉轉。」

看服務生把菜端了上來，張小花一改剛才的無奈之色，道：「餓死了，餓死了，我們還是先吃飯吧，我老爸經常教訓我，說『吃飯三碗，閒事勿管』。」

劉嘯被張小花的樣子給逗笑了，拿起筷子，道：「你老爸可真有意思。唔，對了，你老爸怎麼會給你起這個名字，說實話，這個名字實在是太……

太那個啥了。」

劉嘯嘿嘿地笑了起來，不敢說出那個「土」字。

張小花的臉瞬間陰了下來。

劉嘯知道自己又惹禍了，果然是禍從口出啊，當下陪著小心，問道：「你不會是生氣了吧？那……那個，我真沒取笑你的意思，就是有點好……好奇。」

張小花搖了搖頭，「我沒生氣，只是你問起這個問題，讓我想起了我老媽。」

「哦！」劉嘯這才鬆了口氣，不過轉念又覺得不對，這名字和她老媽有什麼關係，難道這個名字是她老媽給她取的？

「其實我以前叫張姍姍，是我母親給我取的。」張小花苦笑了一聲，「我母親去世後，我老爸很傷心，為了記住我媽，他給我改了名字，我就變成了張小花。」

劉嘯這才知道自己是提起了張小花的傷心往事，趕緊道歉：「對不起，我不知道這事。」

「哎！」張小花嘆了口氣，「沒事，事情已經過去很久了。外人都很羨慕我老爸，其實只有我才知道，他這輩子從來就沒有輕鬆得活過。」

張小花像是找到了可以傾訴的對象，塵封已久的話匣子被打開了。

「我老爸很小的時候，雙親就去世了，他是吃大鍋飯長大的，也沒念過什麼書，靠著到處幫人打工攢了點錢，這才娶了我媽。結婚後，他們非常恩愛，但多了一張吃飯的嘴，老爸再幫人打工，日子就有點緊了，他就帶著我媽到了市區。本想找份活幹，但人家看他拖家帶眷，都不願意要他，活沒找到，積蓄卻花了個精光，當時我媽剛好又懷了我，日子也就越來越難過。直到有一天，他們口袋裏再也翻不出一分錢去買米，眼看就要活不下去了，兩人抱頭哭了一場，決定一起離開人世，免得還沒出生的孩子繼續跟著他們受苦。」

張小花說著說著，眼圈就紅了，淚珠也滾了出來。劉嘯也跟著有點難受，他沒想到張小花的父親當年還有這麼潦倒的時候，趕緊遞過去一條手帕。

張小花擦了擦眼淚，繼續說道：

「第二天，他們穿上結婚時的衣服，那是他們最漂亮的衣服，然後手挽著手來到海邊，他們想趁著天不亮走到海裏去，靜悄悄地離開塵世。水淹過他們的胸口，剛好被到海邊晨跑的陳伯伯發現，陳伯伯是我們張家的大恩人，他把我父母從海裏拽了回來。

「陳伯伯當時非常生氣，狠狠地罵我父親，說『你沒技術沒學歷，力氣總有吧。』我父親說『我什麼都缺，就是不缺力氣。』陳伯伯二話不說，給了我老爸一些錢，讓他回鄉去招幾十個人來，他說『只要你賣力氣幹活，我就讓你餓不死。』

「後來才知道，陳伯伯是市區海事局的局長，當時市裡規劃要填海造海港，有一片區域一直沒人願意承包，剛好就給了我老爸他們。大難不死，又找到了活路，我父母渾身充滿了幹勁，那時候父親事業剛起步，他帶著工人填海，母親就在工地上給大家煮飯洗衣服，我就是在工地上出生的。

「也是因為這個，老媽生了我之後，身體就一直不好，拖了沒兩年就去世了。老爸很愧疚，老媽陪他度過人生中最困難的時候，鬼門關都陪他闖了一遭，最後卻沒能享上一點點的福。」

張小花又開始掉眼淚。劉嘯也陪著長出了一口氣，每次聽到這樣的事，他都會感動一番，在現在這個物欲橫流的世界裏，已經很少有這種相濡以沫的人間至情了。

「不要難過了！先吃飯吧，不然都涼了！」劉嘯抑制住心裏的翻騰，起身給張小花夾菜。

張小花收起手帕，露出不好意思的神情，道：「我今天也不知道是怎麼了，突然給你講了這麼多，這些事，我以前從來沒跟別人說過。」

「我很喜歡聽，而且我很羨慕你的父母，我想你母親在世的那幾年，一定是他們此生最快樂的時光。」劉嘯這幾句話是發自內心的。

張小花說了聲「謝謝」，低下頭開始吃飯。

劉嘯怕再惹起張小花的傷心往事，便把話題轉移到明天去張氏企業的事情上，問了很多張春生性格方面的問題，以便自己將來制定計劃的時候更有目標。

吃完飯，服務生拿來帳單，劉嘯一看傻了眼，價錢遠比自己估計得要高，還沒顧得上肉痛，就聽張小花開了口，「老規矩，記在我們張氏的帳上。」

「好的，張小姐。」服務生一彎腰邁開腳，理都沒理劉嘯。

「這還能記帳？」劉嘯有些納悶。

「我們是這裏的大客戶，經常在這裏招待客人，所以每月都會提前付給他們一筆錢，月底會有財務專門來結算，多退少補。」張小花解釋著。

「哦！」劉嘯一聽，把伸進褲兜的手拿了出來，要是真讓他付帳，口袋裏的錢還確實不夠，所以他也樂得揀個便宜。

張氏企業的總部就設在其旗下的「春生大酒店」內，春生大酒店是封明市僅有的兩座五星級大酒店之一，富麗堂皇。

劉嘯在張小花陪同下，把張氏企業參觀了一遍之後，不禁對張春生大加讚嘆，在沒有電腦輔助的情況下，張春生竟然也把一個企業打理得井然有序。

特別是春生大酒店，除了酒店的智慧控制中心還保留電腦外，其他日常行政工作，全部採用人工方式，例如客人入住，用的就是手工填表的方式。

不過張春生很聰明，他把酒店簡單地重新裝潢了一下，弄成上世紀五六十年代的風格，居然大受歡迎，生意比以前還要火爆，看來這個人能成為富豪，也不完全是運氣的成分。

至於張氏企業總部，也不是一台電腦都沒有，張春生的秘書就單獨配有一台，負責整理列印資料；財務部配有一台，負責核算帳目。

至於底下的那些部門就慘了，總部設有列印部，可惜裏面只有三台電腦，碰到誰的資料長一些，後面的人就得排隊了，以至於很多人都是提前在自己家裏把資料做好，第二天再拿到公司列印。

「你老爸真是太有才了！」劉嘯忍不住誇道：「我原以為離開電腦，這個世界都轉不動了呢。」

張小花臉上也很得意，「嗯，我老爸他很有才華的，雖然沒念過什麼書，但他很好學，一直在自修各種課程，我最崇拜的就是他了。不過，公司要是一直這麼下去也不是辦法，拒絕進步，本身就是在退步。」

劉嘯點了點頭，「那倒也是，我想想辦法，盡力幫你說服他吧。」

「那就拜託你了！」張小花剛剛說完，電話就響了起來，她接起電話，道：「老爸，什麼事？」

劉嘯踱出去幾步遠，算是回避，沒想張小花只說了幾句話就掛了電話，朝他招手。

「我老爸知道我來公司了，要我過去，剛好我帶你去見他。」張小花說。

劉嘯一愣，「可是我還沒想出說服他的方法呢。」

「見了再說吧，反正你遲早都要和他見面的。」張小花扭頭往回走，「再說，你這幾天估計得經常往這裏跑，正好跟他打個招呼，總不能每次都是我陪著吧。」

「也對！」劉嘯點點頭，跟在了張小花的身後。

一進張春生的辦公室，劉嘯就不禁「靠」了一聲，這辦公室大得都快比上會議室了，只是辦公桌前沒有人，不知道張春生跑到哪裡去了。

門旁的秘書站了起來，道：「總裁在休息室呢，我去通知他。」

話音剛落，就見旁邊的一扇門打開，張春生笑著走了出來：

「乖女兒，你今天怎麼到公司來了。」

等看見劉嘯，張春生先是一愣，然後就衝了過來，一把拽住劉嘯，「好小子，終於讓我逮到你了，上次你竟然敢偷偷溜走，害得我好幾天都沒睡好覺。」

劉嘯的眼珠子差點沒掉了出來，他沒想到那天那個摳腳下棋的中年人竟然就是張春生，只感覺頭皮一陣陣發麻，嘴上咕噥道：

「什麼叫我偷溜了，明明是你自己想不出招，怕輸，自己跑了。」

「胡說！」張春生眼睛瞪著溜圓，「我撒泡尿的工夫你小子就不見

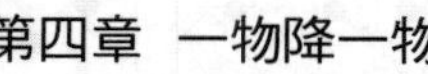

了！」

「那我下樓看不見你，以為你跑了嘛！」劉嘯一使勁，掙脫了張春生的糾纏，「你要是不服，那我就再讓你輸一次好了。」

「哼哼，你小子就會嘴上狂，上次那盤棋你都沒贏呢。」張春生笑了兩聲，轉身對自己秘書喊道：「小李，把我這幾天琢磨的那盤棋拿出來。」

張小花完全被撇在了一旁，等她反應過來，這兩人已經趴在會客用的茶几上開始鬥棋了，張小花想了半天，也沒想出劉嘯到底是什麼時候和自己老爸見過面的。

棋盤拿出來時，就是上次的殘局佈置，可見張春生已經深思熟慮了很久，當下他毫不猶豫行出了一招逆轉局勢的好棋。

劉嘯也毫不示弱，幾乎不假思索就出了應招。兩人又回復那日剛開始行棋時的樣子，走得都很快，刷刷七八招棋走完，張春生就有些黔驢技窮了。

守著棋盤轉了幾圈，張春生就納了悶，摸著腦門自言自語道：

「怎麼可能呢？我明明想好了這樣可以翻盤的，怎麼一走就完全變了樣呢？」

劉嘯笑呵呵地看著棋盤，「別死撐了，你不是我對手，認輸算了！」

「想都別想！」張春生又開始了瞪眼睛了，「我張春生可是封明市業餘棋協的第一高手，怎麼會輸給你這毛頭小子。」

「你這棋下得還確實是有些水準，不按尋常章法來，卻也攻守有致，時不時還能出幾個奇招，你是跟誰學的？」劉嘯問道。

張春生想了半天，道：「好像也沒跟誰學，以前經常在田裡頭跟人下，後來到了城裏，一直沒找到幾個對手，你問這個幹什麼？」

張春生奇怪地看著劉嘯。

劉嘯又問道：「哪個田裡頭啊？」

「張家屯啊！」張春生被劉嘯這些囉哩巴嗦的問題搞得有些不耐煩了，「你問這麼多幹什麼？」

劉嘯卻笑了起來，「這不就結了嘛，我的棋藝也是在田裡頭下出來的，不過卻是在劉家鎮，比起你的張家屯大了一級。再說，你是封明市業餘棋協的頭把交椅，我可是全國大學生象棋大賽的業餘組冠軍啊，比起來，我這名頭又大出你好幾級，所以，你輸給我是很正常的，沒必要這麼在意。」

上次劉嘯就使出過很荒唐的「吹牛年限論」，這次又拿出這個「棋藝大小論」，搞得張春生十分鬱悶，明明知道劉嘯是在放屁，但想反駁卻是無從

下手。

劉嘯的這些理論倒也論點明確、論據充分、論證條理有序。但要是不反駁他，就等於是承認自己輸了棋，這又是張春生所不能容忍的。

一旁的張小花差點笑得背過氣去，心想自己這次真是找對人了，劉嘯說不定還真能搞定自己老爸呢，這大概就是所謂的一物降一物吧。

對張春生的棋藝，張小花是再清楚不過了，其實他的棋藝並不怎麼樣，只是他很能耍賴，賴到最後，別人都煩了，只好輸給他；現在碰上劉嘯這麼一個能把無賴變成有理的人，張春生也只好認栽了。

張小花看自己老爸受窘，也不好只看熱鬧，便跳出來解圍道：「算了，我看你們也不要再下了，這盤棋就算是和了吧。」

劉嘯當然明白張小花的意思，就順勢往下說：

「我看行，雖然你暫時沒想出下招，但我一時半會兒也將不死你，不如就和了吧。我們初次在棋盤上會面，還是以和為貴的好。」

張春生本來還想嘴硬幾句的，沒想到占盡優勢的劉嘯居然開口求和，他便也順著臺階下了，臉上卻裝出滿不在乎的表情，說道：

「這棋如果你能逼得再緊點，說不定下到最後還真能和了我。不過你既然願意和，那就算是和了吧。」

劉嘯和張小花相視一眼，都覺得好笑，尤其是劉嘯，他沒想到張春生在生意場上果敢堅決，在棋場上卻是如此可愛。

張春生踱到自己辦公桌前，呷了口茶，回頭道：「姍姍，你這個同學很會下棋，以後你可以常帶他來，我要和他戰上一百回合。」

張春生嘴上是這麼說的，其實心裏巴不得劉嘯再也不要出現。果然，張小花一開口說「剛好，他這幾天每天都要過來。」張春生的臉就有些微微發綠了。

「哦？他來公司幹什麼？難道學校不用上課嗎？」

張小花解釋道：「劉嘯的電腦功力很厲害，我讓他來公司看看，看有沒有什麼辦法可以防止駭客入侵。」

張春生聽完有些生氣，「不是都跟你說過很多遍了嗎，不要再提電腦的事情了。你看現在公司沒有電腦，不是也運作得很好嗎。」

「唉！」劉嘯在旁邊突然嘆了口氣，自言自語道：「小時候，我有個國文老師，我特別崇拜他，他給我講過兩個成語，叫做坐井觀天、夜郎自大。」

張春生知道劉嘯是在說自己，鼻孔哼了口氣，道：「老子幹事業的時候，你的國文老師怕是還在學習成語故事吧。」

劉嘯站了起來，慢慢走到張春生的辦公桌前，砸巴著嘴道：「別誤會，我沒有說你。不過我有個問題想問你。」

「說！」張春生不想和劉嘯站在一起，轉身坐到了自己的辦公椅裏。

劉嘯趴在桌子上，笑呵呵地看著張春生：

「我在想，如果你不用網路，卻發現公司僅有的這幾台電腦裡的機密還是被人竊取了，你會怎麼辦？」

「不可能！」

張春生笑了起來，「駭客他還沒膽子到我張某人的地盤上現形吧，他也只會利用那個狗屁網路做一些見不得人的事，沒網路，他什麼事也做不成。」

「我是說萬一呢！」劉嘯還是笑呵呵地盯著張春生，「不如我們來打個賭，你讓人嚴密監控財務部的那台電腦，看我能不能把機器上的資料拿到手。」

張春生笑得更加厲害了，「你小子別糊弄我，別以為只有你才懂電腦，你誑不了我的。如果我把那電腦鎖在保險室裏，我看你小子還會不會這麼狂。」

「那就賭一賭啊！」劉嘯直起身子，「你現在就可以把那電腦鎖到保險室裏去。」

這下不但張春生心裏有些發毛，就連張小花也覺得劉嘯有些吹得離譜了，一台電腦被放在完全隔離的房間裏，就是神仙，也不可能從那上面拿到資料啊。不過看劉嘯那信誓旦旦的樣子，又不像是在撒謊。

張春生沉眉思索了半天，最後一拍桌子，「好，我跟你賭。電腦我也不放在保險室了，就放在財務部，我會讓人二十四小時嚴密監視的。我倒要看看你小子有什麼神通，能夠在不進入財務部的情況，把資料從我眼皮子底下偷走。」

大概是因為剛才在棋盤上完全被劉嘯給壓制住了，張春生覺得有些憋屈，所以才會做出這個決定，這不符合他的性格，他一生謹小慎微，從來不冒險賭博。

「如果你輸了，你就必須聽張小花的。」劉嘯趁張春生還沒反悔，趕緊把賭籌拿了出來。

「如果你輸了呢？小子！」張春生站了起來，大眼瞪著劉嘯。

「我輸？」劉嘯笑了笑，那神情就好像是聽到了一個天大的笑話似的，道：「如果我輸了，我就到這春生大酒店樓下的廣場上給你磕十個響頭，然後脫光衣服在封明市裸奔三天。」

張春生愕然，他沒想到劉嘯這小子會拿出這麼極端的一個賭籌來，回過神來，他對自己的秘書喊道：

「小李，你去給他安排一個辦公室，弄好出入證。從今天起，我們公司除了財務部，其他地方任他自由來去，直到他認輸為止。」

不管賭局最後輸贏如何，張春生在氣勢上已經輸給了劉嘯，這讓他很不爽，這些年已經很少有人能在自己面前這麼咄咄逼人了，自己甚至被對方給逼到了賭局裏。

走出春生大酒店後，張小花才敢說這話，她確實對劉嘯的話十分懷疑。「你真能從不上網的電腦裏拿走資料？」

劉嘯笑了笑，「理論上是可以實現的，不過做起來難度很大。」

「那你為什麼要打這個賭？」張小花有些生氣，「你要是不能從那台電腦裏拿出資料，我老爸就會越發堅定他的想法。」

「我會盡力做到的！」劉嘯嘆了口氣，盯著張小花，「我覺得要想讓你老爹徹底服輸，就必須這樣做，只要做到他認為不可能做到的事，他才會聽你的。」

張小花還是有些不高興，即便是這樣，那也不能把牛皮吹得太大吧，萬一到最後弄巧成拙，事情就更加難辦了。

不過她終究沒有把這句話說出來，只是淡淡說道：「這件事就拜託你了。」

劉嘯回到學校後，開始忙了起來，雖然在張氏父女倆前自己是把牛皮給吹下了，但能不能做到，自己也沒有十足的把握。他知道一些可以使用的方法，但是從沒用過，這是只有職業網路間諜才用的方法，一般的駭客作業基本是用不到的。

劉嘯有些頭疼，抱著電腦開始計劃起來，他得找一個可行性最高，而且十拿九穩的方法來，他看得出來，張小花對自己也不抱什麼希望，只是希望不要把事情搞得更糟就可以了。所以，劉嘯更是不能失敗。

打個比方，張春生現在就是個瘸子，張小花請自己來治瘸，自己治不好也就罷了，可千萬不能把人家給治殘了。

他把自己今天在張氏總部看到的情況仔細回憶了一遍，深思熟慮之後，劉嘯確定了自己最有把握的一種方法，便趴在電腦前劈哩啪啦地開始忙了起來。

寢室的人都睡覺了，劉嘯不敢把鍵盤敲得太響，守著檯燈慢慢地研究著。

「靠！這得什麼時候才能把程式寫完啊！」

劉嘯看了看時間，已經半夜兩點多了，程式才寫了不到三分之一，寫完還得測試，想想就頭疼。

此時睏意犯了上來，但是不把程式搞完，劉嘯總是有些不踏實，於是準備起身去泡茶提提神。

開水剛倒進茶杯，劉嘯就聽見電腦的警報器開始嗶嗶亂響。這是他自己設計的防入侵報警系統，劉嘯只得扔了茶杯，趕緊跑了回去。

第五章　電腦恐懼症

「你要那個幹什麼？」踏雪無痕發出一個奇怪的表情。

「我跟別人打了個賭，要從一台不上網的電腦上拿到資料。不過，我的行動是經過他本人同意的，我這是為了治療他的電腦恐懼症，嘿嘿。」劉嘯簡單地解釋了一下。

劉嘯關掉警報器，回頭看了一下，還好，室友沒被吵醒，這才轉過頭去打開警報器，開始追蹤入侵自己電腦的人。

是個很陌生的IP，但劉嘯打開網路監控訊息的時候，那台電腦已經突破自己的防線，開始複製系統許可權了。

劉嘯大驚，趕緊切斷了那台電腦的聯繫，重新設置防線，再次提高防火牆的安全等級。然後從剛才的日誌資訊裏試圖分析出對方是怎麼突破防線的。

劉嘯電腦的安全等級很高，能夠這麼輕鬆就突破的人絕對是高手。等了好久，那台電腦似乎再無動靜，劉嘯這才鬆了口氣，看來對方一時半會兒是找不出什麼辦法了。

劉嘯不敢大意，繼續守著電腦，心裏卻不禁暗道倒楣，真是屋漏偏逢連夜雨，自己程式都還沒弄好呢，半路裏又插進來個程咬金，這是湊哪門子熱鬧啊。

警報聲再次響了起來，還是剛才的那個IP，對劉嘯的電腦發起了一個連接，然後開始傳送資料過來。

憑經驗，劉嘯知道對方是想進行溢出攻擊，但劉嘯一時半會還無法確定對方利用的是什麼漏洞，凡是自己知道和發現的系統漏洞，自己都做了防範。

為防止被對方溢出成功，劉嘯趕緊對系統許可權重新做了設定，這樣即便對方溢出成功，也不可能拿到系統許可權。

對方的資料還在持續發送中，劉嘯就有些詫異，溢出是一瞬間的事情，即便有的溢出程式需要多次操作，但也用不了這麼長時間，難道對方不是在溢出？但是如果對方是在對自己的電腦進行洪水攻擊，這點數據又顯然太小了。

正在劉嘯詫異之際，他的桌面上突然多了一面軍旗，然後彈出一條訊息「佔領！」而這條訊息來自另外一個ＩＰ。劉嘯自始至終都沒發現這個ＩＰ，更不知道它是怎麼進來自己電腦的。

「不會吧！」劉嘯鬱悶了，這麼輕鬆就被佔領，看來又得新一輪的拆包了。

軍旗一出，劉嘯ＱＱ上的一個頭像亮了起來，一條訊息發了過來：

「小子，有進步，竟然能發現我的第一次進攻啊！」

訊息的來源，正是「踏雪無痕」。

「你老人家失蹤幾個月，用不著一露面就這麼打擊我吧！」劉嘯發了一個苦臉過去，他不會問對方這幾個月幹什麼去了，問了對方也不會說。

「你小子得了便宜還賣乖，換了別人，想讓我打擊他，我還不樂意呢。」

劉嘯心想：這倒也是實話，如果對方真想入侵自己，只要用第二次攻擊的方法，就能神不知鬼不覺地把旗子插在自己的電腦上，那第一次攻擊只不過是他故意在給自己提醒罷了。

劉嘯和踏雪無痕認識兩年多了，兩人每次都是這樣，看誰能把旗子插到對方的電腦上，踏雪無痕出手十六次，無一失手；劉嘯出手五十三次，從未得手，有幾次還被踏雪無痕來了個反入侵。

劉嘯敬佩踏雪無痕的技術，每次對方都能在自己沒有察覺的情況下進入自己的電腦，即便是自己這兩年技術有了長足的進步，結果依然如此。

而踏雪無痕敬佩的是劉嘯的毅力，這小子為了搞清楚自己是如何被入侵的，每次都是獨自完成拆包，資料拆包是個很繁瑣的事情，幾個人做，沒兩三月都搞不完，而這小子愣是自己一個人做，被入侵一次就做一次。

這點深得踏雪無痕喜歡，所以他時不時會指點一下劉嘯，每次指點都能讓劉嘯有一種頓悟功力飛升的感覺。

「唉！啥時候我才能成長為高手啊！」劉嘯呲牙咧嘴，表示不滿。

「哈哈，快了。算時間，你小子應該快畢業了吧？有什麼打算沒？」踏雪無痕問。

「我給銀豐軟體和軟盟科技投了簡歷，不過還沒消息，可能他們看不上我。」

踏雪無痕發來一個生氣的表情，「這幫傢伙不知道從哪來的狗屁優越感，你的技術比起他們只有高，沒有低。本來我想讓你畢業後過來跟著我幹，現在看來，讓你到那種地方去歷練一下也好。」

劉嘯有些出乎意料，踏雪無痕從來沒說過他自己在從事什麼職業，不過既然踏雪無痕現在已經改變主意了，那肯定暫時不會讓自己過去幫忙了，劉嘯只好道：

「謝謝老師提攜，等我混不下去的時候，再去投奔你。」

踏雪無痕痛快地答應了。

想起剛才程式的事，劉嘯便又問了一句，「對了，你那裏有沒有用作擺渡攻擊的程式？」

「你要那個幹什麼？」踏雪無痕發出一個奇怪的表情。

「三言兩語也說不清楚，我跟別人打了個賭，要從一台不上網的電腦上拿到資料。不過，我的行動是經過他本人同意的，我這是為了治療他的電腦恐懼症，嘿嘿。」劉嘯簡單地解釋了一下。

踏雪無痕雖然覺得劉嘯的這個理由很奇怪，但還是選擇了相信劉嘯的話，消息發了過來，「那種程式我倒是有，不過已經好幾年不用了，等我給你找找。」

過了幾分鐘，劉嘯收到踏雪無痕接收檔案的請求，打開一看，是一個程式的原始檔案，看來是踏雪無痕特意找出來的，劉嘯趕緊道謝。

「哎，很晚了，我去休息了，你小子再加把勁，技術還能再提高的。」踏雪無痕的頭像暗了下去。

劉嘯打開原始檔案，和以前收到的那些根源程式一樣，踏雪無痕的編寫非常規矩，就像一位文學巨匠寫的文章一樣，段落分明，脈絡清晰，每一處關鍵的地方，踏雪無痕都會做出備註，解釋此段的代碼用途以及編寫思路，看踏雪無痕的程式，是一件非常賞心悅目的事情。

這段程式顯示出了踏雪無痕對電腦硬體底層的超強操縱能力，程式結尾的日期，表明這段程式是踏雪無痕在三年前編寫的，劉嘯不禁唏噓不已，踏雪無痕在程式中使用的擺渡技術，自己在半年前才悟通，雖然現在來說，這個技術已經稍微有些落伍了，不夠隱蔽，但踏雪無痕在三年前就已經能夠熟練使用這種技術，確實是有些太讓人吃驚了。

劉嘯把代碼重新做了修正，特別是最後的擺渡技術，劉嘯把它做得更加隱蔽，更加可靠，然後把擺渡的目的地，設為自己的一個影子郵箱。

做完這些，天已經濛濛亮了，劉嘯泡的那杯茶早已一點熱氣也沒有了，劉嘯揉揉發酸的眼睛，把源代碼編譯成可以執行的程式，複製到自己的隨身碟裏，就算是大功告成了。

劉嘯洗了把臉，然後開始把室友們都叫起來吃早飯。

吃過早飯，劉嘯就帶著隨身碟到了春生大酒店，然後直奔張氏總部的列印部而去。

劉嘯來得早，但列印部已經有一個人在那裏列印文件了。

那人很奇怪地看著劉嘯把三台電腦挨個換了一遍，每次都說自己的隨身碟插上去沒反應，那人很納悶，插上自己的隨身碟試了一下，很正常。

「是不是你的隨身碟壞了？」那人關心地問道，「你是新來的吧？以前

好像沒見過你。」

劉嘯點點頭，一臉鬱悶。

那人拍了拍劉嘯的肩膀，「兄弟，買個品質好點的隨身碟吧，在我們公司，這是必備品，人手一個。我在商城有熟人，品質絕對沒問題，你要買的話聯繫我，給你優惠價，送貨到府。」

劉嘯連連道謝，「一會兒我要是買，就過去找你！」

劉嘯恭謹的態度讓那人很舒服。

「我姓王，就在前面的營運部上班，你在公司如果遇到什麼事解決不了，都可以來找我。」說完那人滿意而去，臨走還不忘誇讚幾句，「小夥子，好好幹，有前途。」

劉嘯看那人離去，回頭再把三台電腦瞄了一遍，臉上露出一絲得意的笑意，道：「萬事俱備，只欠東風，先補個覺去。」

張春生對和劉嘯打賭的事十分上心，他一到公司，就聽說劉嘯早早地到了公司，於是派自己的秘書打著送咖啡的幌子，到劉嘯的辦公室去偵察了一下，結果發現劉嘯正躺在椅子上睡得人事不省。

張春生有點發矇，不知道劉嘯這小子在和自己搞什麼把戲。思來想去都找不出個頭緒，張春生只好一趟趟地派秘書過去打探，每次回來都說劉嘯還在睡。

等下午快下班的時候，秘書又去了一趟，回來後道：「他不睡覺了！」

張春生大喜，「哦？那他現在在搞什麼？」

「他起來後，說自己有點餓，就回學校去了！」秘書也有點無奈。

張春生的笑容凍在臉上，這小子究竟想幹什麼呢，睡了一天覺，什麼事也沒幹就回去了，這算怎麼一回事？照這樣下去，這賭局要何年何月才能分出個勝負啊。

張春生有些傻眼，以前自己在棋盤上用的就是這一招——「拖」，不過比起劉嘯來，自個兒可真是小巫見大巫了。

「奶奶的，怪不得自己的棋下不過這小子！」

張春生總算是為自己輸棋找到了開脫的理由，不過轉念又道：「不行，我得催著點，不能讓這小子就這麼一直和自己耗下去。」

第二天，張春生早早到了公司，吩咐下去，只要劉嘯來了，就讓他到自己辦公室來，他有話要說。

大概中午十一二點的時候，劉嘯不請自來，還沒等張春生發話，劉嘯一句話就把張春生憋了回去。

「我來跟你打個招呼，這幾天我得去趟海城，有兩個公司的面試要參加，下個星期就回來。」

張春生當時就鬱悶了，劉嘯只是和他打了個賭，卻並不是他的員工，自己總不能攔著人家不讓去吧，畢業生參加面試，這是個很重要的事情；再說，自己就算攔，人家也未必就聽。

不過，張春生還是表示了自己的不滿：「快去快回，我可不希望咱們的賭局拖到我女兒都接了我的班。」

張春生的意思很明顯，那時候根本就不需要賭了。

「不會的。」劉嘯不以為意，笑了笑，「如果你不放心，那我們就訂個期限好了。」

此話正中張春生的意，他早就後悔昨天打賭的時候沒約定期限，張春生想了想，然後對劉嘯道：「那就以一個月為限吧，雖然我迫不及待地想看你小子裸奔，但也不能太不厚道了。」

說完，張春生覺得這話說得有些不合身分，就尷尬地笑了笑，不再開腔。

劉嘯只是眉毛一揚，道：「我看你也不用太厚道，一個月太久，我們就以半個月為限好了。」

劉嘯說完，也不待張春生答應，就搖了搖頭，轉身朝辦公室的門口退去，一邊還自言自語著：「真是的，見過想贏的，卻沒見過這樣巴不得自己趕快輸的。」

張春生吃了個癟，但這並不妨礙他的好心情，他堅信劉嘯無法從自己財務部的電腦裏拿走資料，他已經升級了財務部的門禁制度，二十四小時派專人把守，別說是人，就是隻蚊子，也別想靠近那台電腦。

一個月劉嘯都未必能搞定，而他現在又主動縮短賭期，這在張春生看來，根本就是求死，他正求之不得呢。

張春生靠在椅背上，雙眼微微瞇著，彷彿已經看到了劉嘯在裸奔的樣子。

劉嘯下樓直奔春生大酒店的櫃臺，亮出張春生給自己開的出入證，「給我訂一張去海城的車票，今天的。」

銀豐軟體和軟盟科技先前一直沒有回音，劉嘯還以為沒希望了，正琢磨著是不是要另投明主呢，沒想到兩家公司今天早上都打電話來，通知劉嘯過去面試。

劉嘯有些很鬱悶，難道這年頭連面試也流行一起揪團？

大酒店都有專門的訂票門路，櫃臺的人以為劉嘯是內部員工，就很快給他訂好了票，道：「票半個小時後送來。」

劉嘯點點頭，道了聲謝，轉身踱了幾步，坐在大廳的沙發裏。

櫃臺小姐疑惑地看著他，心想這小子竟然打著訂票的幌子鬼混，而且還明目張膽地坐在大廳裏，也不怕上司看見。

海城距離劉嘯所在的封明市有一千多公里遠，是個國際化的大城市，資訊產業非常發達，銀豐軟體和軟盟科技的總部都設在這裏。

也幸虧是這樣，否則面試的時間撞期，劉嘯分身乏術，還要心裏掙扎一番，做出取捨。

兩家公司的面試都在同一天進行，銀豐是在上午，軟盟則是下午。

銀豐軟體是一家上市公司，實力雄厚，在市中心擁有一座屬於自己的辦公大樓，劉嘯沒花多少時間，就摸到了銀豐大廈的樓下。

一說自己是來面試的，就有前臺接待小姐把劉嘯領到了十八樓的一間會議室門口。

「請你在裏面稍事休息，等會兒到你面試的時候，我們會過來通知你的。」

劉嘯點點頭，轉身走了進去。

會議室裏已經坐了不少人，劉嘯目測了一下，大概有五六十人，估計都是來參加面試的。

劉嘯找了個位置坐下來，向旁邊一個戴眼鏡的中年人打著招呼：「你好！」

中年人微微點頭，「你好！」

「大哥你應聘什麼職位啊？」劉嘯問。

「ERP專案經理。」中年人把自己的簡歷在劉嘯眼前晃了一下，問：「你呢？」

「我應聘的是資訊安全方面的！」劉嘯笑了笑。

中年人仔細打量了劉嘯一番，「你剛畢業吧？」

「對，馬上就畢業了，先來找工作。」劉嘯也把自己的簡歷拿了出來。

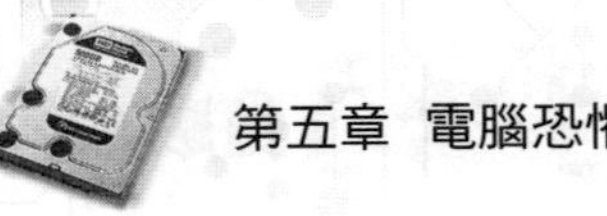

中年人掃了一眼，有點意外，道：「你是從封明市來的啊，還挺遠的。」隨即搖了搖頭，「那你得把簡歷改一改了，否則這趟可能會白來。」

劉嘯有些不解，趕緊求教，「這簡歷有問題嗎？」

「你看看，上面雖然說你自己有這樣那樣的能力，但是沒法證明啊！」中年人壓低了聲音，湊到劉嘯耳邊，「你找個賣證書的，給自己弄幾本假證書，不過這次是有點來不及了。這樣吧，你把簡歷上的社會經歷改一改，再添上幾條，現有的這幾條也得改，一個月改為半年，半年改為一年。」

劉嘯有些傻眼，「我還是學生，怎麼可能會有半年一年的社會工作經驗？萬一他們拿這個問我，我怎麼回答啊！」

「你呀，小老弟！」中年人看劉嘯不開竅，只好把話說明，「銀豐是個大企業，很重視自己的形象，老弟一不是名校畢業，二不是海歸精英，他們憑什麼要你？如果隨隨便便什麼人都能進來，那就不是銀豐了！你不照我說的改，肯定過不了關的。再說了，那些社會經歷又不會有人去查，還不是由著你自己隨便寫嘛。」

劉嘯腦門上開始冒汗，原來這裏面還有這些門道，同學中很多人都在社會經歷上亂加亂改，當時劉嘯以為那些人是給自己鍍層金粉，找起工作來也有底氣，現在看來，自己是想錯了，那些簡歷上亂改亂加的社會經歷，其實是這些招聘公司用來給自個裝飾門面的。

接待小姐進來喊了一個名字，那中年人站了起來，拍拍劉嘯的肩膀，「該我面試了，老弟，聽我的沒錯，希望我們能做同事。」

「祝你成功！」

劉嘯做了個勝利手勢，等中年人走遠，劉嘯不禁有些鬱悶，難道自己不改履歷，就真的白來了？還沒等劉嘯想明白，那接待小姐就進來喊劉嘯的名字了。

「靠，聽天由命吧！」劉嘯站起來向門口走去。

「這邊請！」接待小姐做了個請的手勢，轉身在前面帶路，劉嘯拿著簡歷緊隨其後。

面試的人很多，僅在資訊安全這個部門，就安排了好幾名面試官同時進行面試，劉嘯進去的時候，還有兩個和自己差不多年紀的人在被隔開的不遠處接受面試。

劉嘯坐到了面試官的面前，伸出手，「你好！」

面試官三十來歲，長相很斯文，他和劉嘯握了下手，就開始流覽起劉嘯

的履歷，片刻之後，他抬起頭，問道：「我看你學的專業是電子商務，為什麼會選擇資訊安全這個職業？」

劉嘯事先就想好了答案，不慌不忙道：「因為我喜歡這一行，現在是資訊時代，人們依靠網路迅速獲取自己需要的資訊，也把自己的資訊瞬間傳遞到世界的某一點，但要實現這些必須有個前提，那就是保證這些資訊都安全可靠地到達目的地。」

面試官點了點頭，繼續問道：「你在簡歷中說，自己具備了非常專業的網路安全技術，這些是你自學的，還是參加過正規的培訓？有沒有什麼證書之類的證明？」

「果然來了！」劉嘯的底氣洩了一些，老實地回答道：「沒有，都是我自己靠興趣研究的。」

「哦——」面試官的聲音拉得很長，繼續往簡歷的下面看去，「大二暑假，你在學校的網路中心負責維護工作，這個工作做了多久？」

「一個半月！」劉嘯從面試官的那聲「哦」聲中就知道自己希望不大，不過還是想爭取一下。面試官也是明知故問，一個暑假能有多長時間呢？

面試官看看簡歷上再也沒有什麼自己感興趣的東西，就把目光回到劉嘯身上。

「如果我們錄取了你，在不對你進行專業培訓的情況下，你認為自己能完成什麼樣的工作？」

劉嘯想了想，「只要是網路安全方面的，我基本都能勝任！」

劉嘯覺得這已經很實事求是了。

這種口氣大概刺激到了面試官，面試官便劈哩啪啦開始提出專業方面的問題了，但問題都不難，對劉嘯來說，都是不加思考就可以回答出來的。

劉嘯熟練的專業知識倒是讓面試官有些滿意，終於，他問出了最重要的一個問題：「你希望你的薪資待遇是多少？」

劉嘯笑了起來，「那自然是越多越好了。」

「請說出一個具體的數目！」面試官可不喜歡劉嘯的玩笑。

劉嘯飛快地計算了起來，如果真要留在銀豐，自己就得搬到海城來，住宿吃飯都得花錢，海城的消費水準也不低，劉嘯心裏劈劈啪啪盤算一通，道：「最低三千，另外，我希望半年能夠加一次薪。」

面試官的眼睛瞪了起來，仔細把劉嘯看了一遍，再確認自己沒有看錯簡歷，然後以一種很奇怪的語調說道：

「你可是應屆畢業生啊！唔，應屆畢業生，這個……，應屆畢業生吶……」

劉嘯有些不爽，那語氣好像說應屆畢業生伸手要工資成了一件很可恥、甚至是很無恥的事情。

面試官見劉嘯半天沒有表示出要降價的意思，就站了起來，伸出手，皮笑肉不笑地道：「今天的面試就到這裏吧，如果有結果，我們會通知你的，我本人非常希望我們今後能有合作的機會。」

一聽這話，劉嘯就知道自己完了，「希望我們今後能有合作的機會」這幾乎成了面試失敗的套話。劉嘯站了起來，擠出個笑容，「再見！」

出門的時候，剛好另外一個人面試也結束了，那人拉住了劉嘯，「怎麼樣？」

劉嘯搖搖頭，「不太好！」

「結果沒出來，別灰心嘛！」那人安慰著。

「對了！」劉嘯突然想起來，問道：「他們有沒有問到你薪資啊，你說了多少？」

「八百！」

劉嘯感覺腦子像被人拿鐵錘「匡噹」砸了一下，當時就傻了，拿起那人的簡歷，驚道：「怎麼可能，你可是有一年工作經驗的人了。」

「生意人都這樣，誰都想雇個便宜的！沒事，其實面試談的這個數不當真的，只要能進來，薪水很快就漲上去了。」那人似乎很瞭解這些門道，「你說了多少？」

「三千！」

那人也露出了和面試官一樣奇怪的眼神，連連搖頭，「有點多了！」

劉嘯此時再也受不了這種目光，怒道：

「三千還多？我就覺得我值這個身價，靠，老子開這個價還是給他們打了五折呢，以後再面試，堅決不打折。」

劉嘯怒氣沖沖而去，搞得那人站在原地直發愣。

路過樓下大廳，劉嘯就聽兩個銀豐的員工在聊天：

「聽說章主任搞的那個案子又失敗了？」

「是啊，公司的高層也不知道是怎麼想的，傻子都知道那案子沒前途，竟然還通過了。」

「唉，這又不是第一次了，光章主任今年就搞砸了兩個案子，損失估計怎麼也少不了三千萬吧。」

「你也別看不慣了，誰讓人家章主任當年……」

劉嘯愈發生氣，這鳥公司，寧願拿著股民的錢去搞一些傻子都知道沒前途的案子，也不願給自己的新職員加幾百塊的薪水。

出了銀豐大廈，劉嘯仍然抑制不住地憤怒，此刻他突然想起了那則邪劍離開銀豐的報導，不管邪劍當時是因為遭受到不公正待遇，還是忍受不了銀豐的這種氛圍，反正劉嘯現在覺得邪劍離開銀豐的決定是英明無比的。

劉嘯朝銀豐大廈豎起一根高高的中指，「靠！」啐了一口，轉身揚長而去，估計這輩子，他都不會再正眼看一下銀豐了。

第六章　駭客之門

劉嘯卻嚇了一跳，店小三這個名字他再熟悉不過了，經常發表一些駭客入門知識方面的文章，擁有眾多的粉絲。店小三出道也就比邪劍等人晚了一兩年，在他之後的許多駭客都是在其文章的指引下，才跨入駭客之門的。

相比之下，軟盟科技就要寒酸多了，辦公地點是租的，劉嘯連續給他們打了幾次電話，才摸到地方，等到的時候，早就過了面試的時間。

櫃臺的接待小姐看劉嘯滿頭大汗，也不好就這麼打發他走，就帶著他進了辦公區。

軟盟的辦公氛圍讓劉嘯吃了一驚，簡直就是一群游兵散勇，有穿著拖鞋在辦公室溜達的，有坐在電腦前吃東西的，還有趴在桌子上睡覺的，甚至有打遊戲的。

櫃臺接待小姐推開最裏面的一扇門，喊道：「這裏還有一個面試的！」

劉嘯朝裏看去，這是一個很小的辦公室，裏面坐了十多個人，各自守著一台電腦，聽到接待小姐的話，就有一個人抬起了頭：

「不是都面試完了嗎？」

接待小姐笑了笑，「找不到地方遲到的！」

那人皺了皺眉，四下裏看了一眼，喊道：「你們誰有空，去面試一下。」

喊了半天，沒人答應，那人只好站了起來，罵罵咧咧地道：「你們這群懶鬼，面試個人能殺了你們啊。」

其他人只是笑，也不搭話。

那人招手把劉嘯叫了進去，指著角落的一台電腦：

「這是一台剛架設好的WEB伺服器，還沒有安裝我們軟盟的硬體防火牆，你去搞一搞。搞好了就喊我，我一會兒要對它進行一個SYN泛洪攻擊，要求：一、不能當機；二、不能影響正常用戶對網頁的瀏覽。」

說完，那人又重坐回自己的位置忙去了。

劉嘯不禁鬱悶，自己的簡歷都還沒來得及掏出來呢，看看沒人理自己，只好走到那伺服器前，拽過一張椅子坐下，開始在伺服器上做一些設定的調整。

SYN泛洪攻擊其實是一種最平常不過的攻擊手段，但因操作簡單，成功率高，因此成為有些人惡意攻擊的首選方法。

它的攻擊原理很簡單，就是利用通信協議上的BUG。我們平時訪問網站，只要輸入網址就可以了，至於網址是怎麼連結到網站的伺服器上，網站伺服器又是怎麼把我們需要的資訊傳送過來，我們就不需要操心了，這些都是通信協議所要做的工作。

其實這個過程很像電影裏的特務接頭，首先，特務甲向特務乙發出暗號

「天王蓋地虎」，要求接頭；特務乙接到暗號後，向特務甲發出下半句暗號「寶塔鎮河妖」；特務甲一看暗號沒錯，是自己人，就向特務乙發出「可以接頭了」的訊息，然後兩個特務成功碰頭，開始交換資訊。

當我們訪問一個網站時，我們就是那個特務甲，而網站的伺服器就是特務乙，只是由伺服器扮演的這個特務乙實在是太笨了。如果特務甲喊一句「天王蓋地虎」之後突然跑掉了，特務乙等不到對方的回覆，就會以為對方可能是沒聽見自己的暗號，於是就站在那裏，一遍又一遍地喊：「寶塔鎮河妖……鎮河妖……河妖……妖……」，直到把他自己喊成一座「望夫石」。

可是，網站伺服器不可能只面對一個用戶，它要面對的，是許許多多需要接頭的特務甲。

最要命的是，特務乙的這個弱點被敵人知道了，敵人雇了一大幫子的偽特務甲，此起彼伏地朝著特務乙喊「天王蓋地虎」，喊完就消失，隔一會兒換個地方再喊，可憐的特務乙最後不是當機，就是被活生生給累死了。

而劉嘯現在要做的，就是去拯救這個笨笨的特務乙，讓它在不累死、不當機的前提下，爭取和最大數量的特務甲接頭，保證情報站正常工作的運轉負荷量，另外，還要防止它被那些偽特務甲欺騙。

要做到這些其實也不難，劉嘯根據伺服器的配置，設置了一個同時接待特務甲的數量限制，一旦超過這個數量，就算特務甲喊十遍「天王蓋地虎」，伺服器也會裝作聽不見，這樣就沒有當機的可能。

不過，敵人雇傭的偽特務甲的數量可能會超過伺服器的這個數量限制，一旦伺服器所有的接待位置都被那些偽特務甲給霸佔住，真正的特務甲也就沒辦法和特務乙接頭了，此時就算伺服器不當機，其實也和當機沒什麼兩樣了，自己人都接不上頭，它的作用就一點也發揮不出來。

這時候就要限制特務乙喊「寶塔鎮河妖」的次數了，不能讓他就那麼無限制地喊下去，喊一兩次，見不到對方的回覆，就把對方從位置上踢走，讓後面排隊的特務甲進來，加快輪換速度。

所以，如何合理設置這兩個數值就顯得很關鍵了，劉嘯設置好數值，然後又搞了一個ＩＰ篩選策略，盡可能保證不被虛假ＩＰ欺騙。

其實，如果對方偽造的虛假ＩＰ數量超出伺服器承受極限的數倍，乃至於幾十倍，那麼這個軟策略可能發揮的作用並不大，但軟盟的人限定了不能使用硬體防火牆，劉嘯能做的也就是這樣了，不過，他還是儘量地增加了一些自己獨特的設置。

「好了！」劉嘯確認無誤後站了起來，朝著面試自己的那人喊道：「你可以開始了！」

「店小三！你來！」那人頭也不抬，直接喊道。

劉嘯卻嚇了一跳，店小三這個名字他再熟悉不過了，網上赫赫有名的駭客高手，經常發表一些駭客入門知識方面的文章，擁有眾多的粉絲。店小三出道也就比邪劍等人晚了一兩年，在他之後的許多駭客都是在其文章的指引下，才跨入駭客之門的。

只見一個長得很瘦的人慢吞吞從椅子上站了起來，「知道了！」然後走出去辦公室，去外面大的辦公區，大概是安排人手去了。

「原來店小三長這副模樣啊！」劉嘯一直以為店小三大概和以前的店小二有點聯繫，油嘴滑舌，滿臉笑意，現在一看，完全不是那麼回事，店小三還蠻酷的。

店小三出去之後半天沒回來，劉嘯只好無聊地打量著屋內眾人，順便猜測著這些人到底是傳說中的哪位高手。

網上那些出了名的高手，有很多都被龍出雲籠絡到自己的麾下。劉嘯此時有點明白為什麼軟盟的人不看自己的簡歷，因為這些駭客高手大部分都是半路出家的素人，有些人比起劉嘯來還要慘上幾分，別說是名校了，可能連普通的大學都沒念過，完全是靠著興趣和天賦自學而成的。

不過，劉嘯倒是對軟盟這種「用人惟才」的觀念很是讚賞。

又過了十來分鐘的樣子，店小三才走了進來，進門直奔那台伺服器而去，嘴裏還念念叨叨：「這伺服器你們是不是誰動過了？測試的人已經連續加了兩次的攻擊數量，不但沒當機，網頁訪問還很正常！」

店小三的話一下把眾人的目光全都吸引了過來。

店小三是箇中高手，立刻就直奔劉嘯改動的設置而去，發現數值設定也沒任何稀奇的地方，和自己平時測試出來的最佳數值很接近，就打開系統的防護程式，發現多了一個ＩＰ篩選策略，打開看了看，店小三有些驚訝。

「很有意思啊，把駭客們喜歡偽造的那些不可能存在的ＩＰ段基本都過濾了。」

店小三回頭衝劉嘯豎起大拇指，「你小子行，看來研究得不淺吶。」只是店小三的表情依然那麼冷峻。

眾人看店小三說得玄乎，都跑過來看，看完都是嘖嘖稱奇，尤其是之前給劉嘯出面試題目的那人，更是拍了兩下劉嘯的肩膀，「小子，不錯！」

「這小子我要了！」一個聲音從最角落的地方傳來。

劉嘯循聲看過去，一個留著披肩長髮，長相卻很威猛的人坐在那裏，他的眼睛甚至還盯著面前的電腦，這也是辦公室裏唯一一個沒有過來看熱鬧的人。

面試的人很高興，道：「你小子還傻站著幹什麼，沒聽我們老大發話了嘛，你被軟盟錄取了！趕緊說一下你的薪資要求；還有，合約也一併簽了吧，省得麻煩，明天你就可以來上班了。」

「明天不行！」劉嘯叫了起來，「我是應屆畢業生，要等論文答辯結束才能過來上班！」

「還沒畢業？」辦公室裏的人齊刷刷望了過來。

「快了，就兩個月不到了。」劉嘯趕緊回答。

面試的人把目光投向最裏面的老大，看老大沒反應，便道：「行行行，看你這囉嗦勁，先把合約簽了吧，搞完論文答辯就來報到。」說完頓了一下，「你薪資還沒說呢！」

剛才在銀豐受了氣，所以劉嘯倒也毫不客氣，開口便道：「六千，每隔半年我希望加一次薪！」

眾人再次把驚奇的目光投了過來，心想這小子還真敢獅子大開口。

角落裏的老大依然毫無反應。

「得！六千就六千！」一面試那人走到門口，朝外面喊了起來：「人力部的，把咱們錄取的合約拿一份過來！」

劉嘯卻急忙從書包裏拿出一份合約，「簽這個吧！學校還要建檔呢。」

劉嘯手裏拿的，是學校發下來的就業合約。

那人大概之前也看到過這樣的合約，皺了皺眉，在桌子上翻了翻，找到一枝筆，然後拿著劉嘯的合約走到角落裏，老大也不推辭，痛快地在合約上簽下了自己的名字。

那人拿了合約和筆又走了回來，朝著劉嘯招手，「來來來，趕緊把你名字簽了，一會兒人力部的人來了，剛好拿一份留底。」

劉嘯大喜，上去刷刷幾筆，把自己的名字簽好，等人力部的人拿來正式的錄取合約，劉嘯這才小心地填了起來，尤其是薪水那欄，還有報到的日期，他都仔細核對了幾遍，這才簽下自己的名字。

「真磨蹭！」一面試那人收起合約，走到角落請老大再簽了字，然後抽出一份交給劉嘯，「你回去趕緊把你的論文答辯弄完，然後到這裏來報到。」

說完，他從自己的辦公桌上拿起一張名片，「我的名片你拿著，如果有什麼問題或者困難，就給我打電話，公司能幫你解決的會盡力解決。」

劉嘯小心翼翼收好名片，然後朝辦公室的人揮了揮手，「那……那我就先回去了，再見！」

「走吧走吧！」那人擺了擺手，回到了自己的辦公桌前繼續忙去了。

走出軟盟的大門，劉嘯簡直高興到了極點，應聘成功！

軟盟給他的感覺很不錯，開放、自由的辦公氛圍，不拘一格的用人觀念，最重要的是，軟盟真的如外界所說的那樣，是駭客高手的天堂，光剛才面試的那間辦公室，估計就雲集了國內一半的安全界高手。

至於坐在角落裏的那個老大是誰，劉嘯一時半會兒還真的想不出來，不過看他那副拉風的作風，就知道肯定不是泛泛之輩。

在火車上「匡噹匡噹」顛簸了十多個小時候後，劉嘯再次回到封明市，周圍同學朋友都知道他被錄取了，嚷著要他請客。

一連幾天，劉嘯忙著東請西請，直到張小花給他打電話，他才想起了和張春生打賭的事情，道歉之餘，他還不忘說要請張小花吃飯。

第二天，劉嘯早早地到了春生大酒店，上得樓來，便看張氏的人三五一群地圍看著報紙，各個喜形於色，劉嘯湊過去一看，見報紙上一個斗大的標題：「張氏企業獲封明市新商業區開發建設權」，底下一個副標，「老對手廖氏企業突然退出，張氏以超低價得標。」

「到底還是私了了！」雖然知道這是個最好的結局，不過劉嘯還是有點替張小花難過，或許張小花也不願意這樣，但沒辦法，生在商賈人家，考慮第一的就是利益，還得維護家族的臉面。

另外，她還攤上了這麼個老爹，事情要是被張春生知道了，這輩子張氏都會和電腦、網路絕緣，然後以老牛拖慢車的速度向前發展，而且照張春生的性子，他是絕對不會善罷甘休的，最後到底鬧成什麼樣，誰也無法預料。

劉嘯突然覺得自己很有罪惡感，如果自己不去面試，而是搶先一步治好張春生的電腦恐懼症，或許張小花在做出決定的時候，就能少一些壓力。

「哎！」劉嘯嘆了口氣，事已至此，自己想這些也沒有用了，如果自己真是覺得愧疚，那就下它一副猛藥，徹底治癒張春生的電腦恐懼症，甚至是改變他那種坐井觀天、夜郎自大的心態。

張春生得知劉嘯再次到來，心裏還著實緊張了一下，派秘書過去打探了一番，回來報告說，劉嘯正在辦公室裏拿他自己帶來的筆記型電腦做論文，張春生這才放下心來，這小子連他自己的事情都還沒搞定呢，打賭的事估計他暫時是顧不上了。

不過張春生還是吩咐下去，叫保安這幾天嚴防死守，務必不能讓劉嘯靠近財務部。保安當即分為兩撥，一撥把守財務部，一撥去看守劉嘯，從劉嘯踏入春生大酒店的第一步起，就有專人跟隨劉嘯左右，直到劉嘯下午離開。

張春生很得意，掐指一算，半個月的賭期已經過去了一半，劉嘯這小子之前一點行動都沒有，現在又被論文纏身，眼見自己就要贏了。

「總算是扳回一局啊！」張春生心情大爽，蹺著二郎腿哼起了小調，上次的輸棋之恨馬上就要得報。

一連幾天，劉嘯都是很早就來了，然後躲在辦公室裏不出來，不是在做畢業論文，就是在對著一大堆字母數字皺眉頭，張春生派秘書看了幾次之後，便不再讓秘書去了，去了也是白去，每次都一樣。

倒是保安那裏有個新情況彙報，劉嘯中間曾說自己辦公室的電話有毛病，然後找到電信局設在大樓內的線路板箱子，把裏面的線頭鼓搗了一陣又回去了。

賭約的最後一天，張春生早早地坐在了辦公室，專等劉嘯來。

平時劉嘯來得都挺早，可今天卻是左等右等不見人影，張春生心裏就有些犯嘀咕了，「難道這小子知道自己輸了，反悔不敢來了？」

「我怎麼就忘了要他的聯繫方式呢！」張春生後悔得不行，甚至都起了向自己女兒討劉嘯電話號碼的念頭，只是終究還是沒有去要，他總得顧忌點自己的身分，作為一個長輩，就算自己已經勝券在握，也不能一副「痛打落水狗」的姿態，把一個晚輩往死胡同裏逼吧？

看看時間，又過了半個小時，劉嘯還是不露面，張春生愈發放心，儼然是一副勝利者的姿態了，劉嘯不敢來，那就是認輸了，自己上次憋著的那口惡氣也算是出了。

既然勝利了，張春生就覺得自己應該大度一點，於是很惋惜地嘆了口氣，一笑了之：「遺憾吶遺憾，沒能看到這小子裸奔。」

張春生對著自己的秘書吩咐道：「小李，去把我的棋盤搬過來，我今天心情好，要殺一盤！」

自從輸給劉嘯後，張春生這半個月都沒下過棋，一看見棋盤他就想起劉嘯，一想起劉嘯他就犯病。

秘書應了一聲，起身去拿棋盤，剛一起身，辦公室的門就被人「登」一聲推開了。劉嘯滿臉大汗地衝了進來，背上背著一個超大的包包，進來就「匡」一聲把包包扔在地上。

「累死我了，這傢伙也太重了，早知道就只挑些重要的拿來。」劉嘯一邊擦著臉上的汗，一邊拿起個杯子去接水，嘴裏還嚷嚷著：「小李秘書，麻煩你把空調再開大點，謝謝。」

張春生沒想到劉嘯還敢來，等他喝完水，就笑呵呵地看著地上的包包，「怎麼？你連裸奔用的行頭都帶來了？」

劉嘯擦擦嘴，往沙發上一倒，「不，這些都是給你準備的。」

張春生先是一愣，隨即臉色變得十分難看，這話說得好像是我自己要去裸奔一樣。

張春生就有些生氣了，很不客氣地說道：

「我可提醒你，今天已經是賭約的最後一天了，半個月前你可是把大話說了出去，如果無法兌現的話，我可就……」

「不用你提醒，我記著呢。放心吧，我說出去的話，自然會兌現。」劉嘯揉揉自己又酸又疼的胳膊，漫不經心地問道：「昨天泰華實業的老總給你打電話了吧？」

張春生一時沒反應過來，不知道劉嘯這小子無緣無故問這個幹什麼。

劉嘯甩著胳膊，「他欠你的兩千萬這個月是還不上了，下個月的五號他一定把帳匯到，他是這麼說的吧？對了，他還說今天晚上請你吃飯。」

「你怎麼知道的？」張春生有點吃驚。

劉嘯自顧自地繼續說道：

「銀行的劉行長也給你打電話了，有一筆貸款快到期了，他提醒你做好還貸的準備。還有，嘉華的老總在他的府上設宴，邀請你明天和張小花一起去做客；市裡張副市長讓你過去一趟，要和你詳談一下商業區工程的預算問題，時間定在明天上午的十點半……」

「夠了！」張春生終於意識到發生了什麼事情，騰地站了起來，氣勢洶洶地看著自己的秘書。

秘書嚇得拿著棋盤直哆嗦，一臉的無辜和緊張，道：

「總…總裁，不……不是我說的，真的。」

張春生哪裡會信，他的日程安排只有秘書一人最清楚，如果他不說出去，其他人又怎麼會知道。

劉嘯站了起來，「你別瞎懷疑，這還真不是小李秘書告訴我的。」劉嘯從兜裏掏出一張紙，走到張春生的辦公桌前，「來，你看看，這是你這幾天在辦公室的電話記錄，什麼時間、什麼人、什麼事，我都給你詳細地記錄了下來。」

張春生把眼光在劉嘯和秘書之間打了幾個來回，才從劉嘯手裏把紙拽了過去。

他本來不信劉嘯的話，可當他的眼光掃到紙上的內容時，神色就變了幾變，看來還真不是自己秘書洩的密，這上面的通話記錄他記得很清楚，有幾通電話是自己直接接的，秘書小李根本不知道談話內容，自己也沒有讓小李做記錄，而劉嘯的這張紙上竟然也記得一清二楚。

「這……這你是從哪裡弄來的？」

張春生腦門上的冷汗流了出來，他一直以為劉嘯的一舉一動、一言一行都在自己的掌握之內，卻沒想到事實完全相反，如果僅僅是被劉嘯監控也倒罷了，就怕劉嘯的這些記錄是從別處得到的，那才是真正可怕的事情。

劉嘯拍了拍張春生桌上的電話，笑呵呵地道：「我在你的電話上接了個分機，誰給你打電話，我都一清二楚。」

「你……」張春生懸著的心是收了回來，卻氣得一句話也說不出來。

「我知道我這麼做是有點過分了。」劉嘯倒是很誠懇，「不過呢，我就是想弄明白一件事情。」

「什麼事情？」張春生黑著臉。

「上次公司的機密被駭客竊取了，你就下令把公司所有的電腦統統搬走，以防後患。現在你既然知道了自己的電話被人竊聽，你會怎麼辦？」劉嘯緊緊地盯著張春生的眼睛。

張春生趕緊把自己的視線移走，他此刻的心緒有點亂，他無法回答劉嘯的這個問題。

「你是不是該把公司所有的電話也拆掉，來個萬無一失？」

劉嘯把張春生心裏極力回避的問題說了出來：

「多好的想法啊，如果不用電腦，那自然就不會有電腦資料丟失的事情發生；如果不用電話，又怎麼被人竊聽呢？沒電腦沒網路沒電話又會怎麼樣，我們還有很多的聯絡方式可以選擇嘛，比如發電報、寄信。唔，好像這個也不怎麼安全啊，最好還是派專人去傳口訊，要派就派自己最信得過的人。」

張春生覺得臉上一陣陣火辣辣地燙，劉嘯的正話反說，讓他十分地難堪。

劉嘯也不再逼張春生，「既然你不願意回答這個問題，那我們就暫且擱下這個問題，就來說說這個電話好了，你想知道我是怎麼在你電話上接了個分機嗎？」

張春生這才算緩過口氣來，剛才他被劉嘯的問題給逼得連大氣也沒敢喘。

劉嘯站直了身子，「本來我還想可能會有點困難，我設想了各種應付的對策，事情卻比我想像的要容易很多。我說我的電話線可能出了點毛病，需要打開裝有整個公司電話的線路板箱子來檢查一下，保安絲毫沒有懷疑我的動機，公司也沒有一個人提出要聯繫電信局來解決問題，而是眼睜睜地看著我把電話線搭在你電話的埠上。」

劉嘯嘆了口氣，「對了，那箱子上本來是有一把鎖的，保安很熱心，找來斧頭親自幫我砸開了。」

張春生的臉色超級難看，可能是因為內心的憤怒，也可能是因為羞愧。他，還有那些被他派去監視的人，得意了這麼些天，都以為一切盡在掌握之中，沒想到最後卻被這個還沒從學校畢業的毛頭小子給玩弄於股掌之間。

不過，張春生羞怒之餘，還不至於喪失了思維能力，他想起一件很重要的事：「電腦資料呢？我記得當初你承諾的是電腦資料，而不是電話資料吧！我承認，你小子是有些鬼才，腦子活、花招多，但你別想就拿這個蒙混過關！如果你拿不出電腦資料，你當時是怎麼承諾，就得怎麼兌現！」

張春生確實怒了，話裏充滿了火氣。

第七章　萬能鑰匙

「E-MAIL在我們看來，不過就是個通訊的手段，但在駭客眼裏，這些E-MAIL簡直就是一把萬能鑰匙，能在E-MAIL身上搞出很多花樣來。他利用暴力拆解的手段，破解出你的郵箱密碼，這樣他可以輕鬆得到你郵箱內的所有資料。」

劉嘯冷冷地看了一眼張春生，「我就知道你不會死心的！不就是要電腦資料嗎？」

劉嘯的聲調突然大了起來，整個人也變得氣勢逼人，道：「好，我今天就讓你輸得心—服—口—服！」

劉嘯轉身把地上的包包拽了起來，「匡噹」一聲砸在張春生的電腦桌上，然後拉開拉鏈，從裏面拿出一疊文件，「啪」一下拍在了張春生的面前，「看看吧，好好看看，看仔細，看清楚，這就是你要的財務部的資料！」

張春生被劉嘯突然兇悍的態度給震得片刻的愣神，他還沒來得及去看那疊資料，劉嘯就又拿出一疊文件，繼續送到他的面前，「還有，這是營運部的！」

「這是拓展部的！」「人力部的！」「業務部！」「廣告部！」「採購科！」「內勤部！」「……」劉嘯一遝一遝地往外掏著，直到把那包包給掏空，統統砸在了張春生的面前。

劉嘯每砸出一疊資料，張春生就感覺自己的心被一柄重錘狠敲一下，直到敲得粉碎。

劉嘯把倒空了的包包一下甩到地上，然後指著張春生，大聲地質問：

「你說，你還想要哪個部門的資料？」

張春生再也支撐不住，頹然倒在沙發椅裏，劉嘯拿出了自己認為不可能拿出的電腦資料，而且是整個公司的資料，在這一刻，張春生有一種前所未有的失敗感，他已經連續兩次栽在劉嘯手裏，甚至自己都不知道為什麼會輸，根本不可能的事情啊。

「你不就是覺得你吃的鹽比我走的橋還多嗎？你不就是覺得你是個成功人士，失敗對你來說已經成為過去式了嗎？你不就是想讓我失敗，然後看我的笑話嗎？」劉嘯猛地拍在桌子上，道：「你休想！」

「沒錯，你是成功了，身價百億，功成名就，財富和榮譽給你帶來了地位和尊重，但同樣也讓你變得專橫、跋扈、固執、武斷，它讓你高高在上，讓你以一種遊戲者的姿態去俯視眾生，去觀察、甚至去決定別人的生死輸贏，可你恰恰忘了，這些生死輸贏也會降臨到你的頭上的。」

張春生沒有反駁，事實上，他也無話可說。

劉嘯緊緊地盯著張春生，道：「我這麼說，你可能會覺得我沒有資格，在你的榮譽和財富面前，我是個徹徹底底的失敗者。那我們就說這次的賭局吧，在這個賭局裏，我是贏家，而你是輸家，我想我還是有資格來說兩句的。」

「當初，你看見別的公司有了電腦，於是就把電腦也搬進了自己的公司，作為企業的最高管理者，你盲目地滿足了自己的攀比心理，卻沒有預見到使用電腦可能會存在的風險，也沒有做任何防範的措施，這才讓後來的病毒和駭客不費吹灰之力就攻入了公司的電腦。之後，你沒有進行任何挽救的措施，而是將電腦的好處一概否決，讓電腦從公司徹底消失，你這盲動的結果，除了讓自己公司的運轉陷入短暫的癱瘓之中，你還得到了什麼好處？那名盜竊公司資料的駭客呢，你抓到了沒？」

張春生此時有點汗顏，不敢面對劉嘯凌厲的目光，在電腦的問題上，他的態度和決策朝秦暮楚、反覆無常，確實是有些盲動了。

劉嘯繼續開炮：「在擁有電腦時，你只是把它當作是給公司增光添彩的擺設，你根本就不知道電腦能幹些什麼，也沒有讓電腦發揮出優越的性能，所以在下令把電腦清除的時候，你一點也不猶豫，因為你覺得有電腦和沒電腦其實都一樣。駭客入侵公司的電腦之後，你一不想著搜集證據，為公司挽回損失；二不想弄清楚駭客到底是通過什麼方法進來的，以便採取防護措施，卻急著把所有的責任都推到電腦和駭客的頭上，做出了一個自認為英明無比，而且可以一勞永逸的辦法。結果呢？你的電腦層層把守，資料不是照樣被我拿到手了！」

「真是可笑！」劉嘯突然笑了起來，「你讓我看到了一個很阿Q的人，你妄自尊大，內心卻又極度恐懼，你不懂電腦，卻又想當然地認為電腦不過就是那麼回事。換作是一個普通人，他這麼想也就算了，但你是個企業的管理者，如果你一直都拿著這種態度來做決策，或許下次你就不僅僅是要在電腦上栽跟頭了。」

「劉嘯，你想幹什麼！」張小花怒氣沖沖地走了進來，對著劉嘯劈頭蓋臉道：「你怎麼可以這麼說我爸，你有什麼資格說他，你瘋了嗎？」

張春生的總裁辦公室外，此刻圍了好多人，平日裏威猛剛勁的總裁，今天居然被一個毛頭小子訓到半天沒話反駁，他們都很奇怪，不知道這小子到底是幹什麼的。

秘書估計也是讓劉嘯的發飆給嚇傻了，到現在才發覺門沒關上，急忙過去把門關上。

「我還沒有說完！」劉嘯推開張小花，再次面對張春生，「電腦的問題

說清楚了，電話的問題還沒講，你最大的失敗就是在這個電話上。之前你已經在電腦上吃過虧了，按理說，吃一塹長一智，你應該會在公司的通訊安全上加強防範才對，特別是在公司取消了網路之後，所有的對外通訊都要依靠電話和傳真，你更要嚴加防範這個環節才對。可事實卻恰恰相反，你只吃一塹，卻不吸取教訓，讓我輕而易舉就拿到了電話記錄；而讓我更吃驚的，是整個公司對於安全的漠視。」

「夠了！」張小花怒不可遏，不管換了誰，當著她的面批評她的父親，她都不會無動於衷的，「我父親做得對不對，還輪不到你來說三道四，你也不看看你有什麼資格來批評他。出去！你現在就給我出去！」

張小花很後悔找劉嘯來勸自己的父親。

張春生呆坐在椅子上，劉嘯的話徹底擊潰了他心裏的那道防線，多年來，他一帆風順地走了過來，在別人的恭維和羡慕之中，他已經迷失了自己，他一直以為自己是個成功者，至少他認為自己在獲取成功的道路上，每一個決定都是正確的。現在，他卻被一個毛頭小子批得體無完膚。

這一刻，他感覺自己又回到了多年前那個窮困潦倒、舉頭無路的時刻，自己被徹底打回了原形，自己依舊還是那個沒有什麼見識、也沒有什麼本事的莊稼漢，面對前方，自己很迷茫，甚至都不知道該邁左腿，還是邁右腿。

劉嘯不再說話，彎下身去撿起自己的包包，回頭對張小花說道：「不管你怎麼看我，我答應的事情，我就會竭盡所能辦好。」

劉嘯把包包往身上一背，轉身朝門口走去。

「你等等！」張春生此時卻站了起來，指著桌上的那些文件，「我希望你能夠讓我輸得明白。」

劉嘯嘆了口氣，從口袋裏掏出一個隨身碟來，「這個東西你應該認識吧！公司裏，這種隨身碟是人手必備的辦公用品，因為列印部的電腦不夠用，很多人都得在自己家的電腦上做好資料，然後用隨身碟帶到公司來列印。包括財務部、還有秘書小李，他們也都是拿隨身碟去列印部列印資料的。」

「你們可能都覺得隨身碟是保存在自己手裏，也不經常接觸網路，只要它不丟失，別人是不可能知道這個隨身碟上的秘密的，可事實卻恰恰相反，這種靠隨身碟來交換資源的方法，比起用網路直接傳送資源更加容易被人竊取。」

「我設計了一個很簡單的程式，這種程式可以嵌入到隨身碟的底層作業

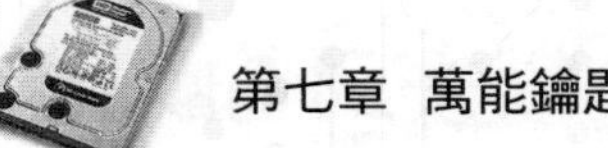

系統之中，不會被任何殺毒軟體檢測出來。我把這個程式帶到了公司，然後安裝在列印部的三台電腦上，凡是插在那三台電腦上的隨身碟，都會被自動植入這種程式；同時，隨身碟上的資料也會被程式複製保存起來。這個程式的另外一個功能，就是把搜集到的資料重新轉移到隨身碟之中，一旦這些隨身碟接上網路，程式就會把這些資料統統發送到指定的地點。」

「公司的電腦是沒有連上網路的，但公司員工家中的電腦卻不可能都不上網，只要有一台上網，我就可以得到整個公司的資料。這種方法，叫做『擺渡攻擊』，普通人可能都不知道，但這對於一個專業的安全人員來說，卻最為平常不過。如果你當時能夠稍微務實一點，去諮詢一下專業人士的意見，或許我今天就不會這麼容易得手。」

「這個隨身碟裏，我已經放了自動刪除擺渡程式的工具，你只要把它插在列印部的電腦上，不用很久，公司所有員工隨身碟裏的擺渡程式就會消失。」

劉嘯嘆了口氣，把隨身碟往門口秘書小李的桌上一放，轉身拉開門，走了出去。

「砰！」房門合攏，張春生的辦公室裏安靜異常。

「天妒英才，馬失前蹄啊！」劉嘯無聊地躺在學校的草皮上，看著藍藍的天發呆。

事情已經過去好幾天，張小花也沒來找自己，劉嘯便有些鬱悶，難道自己那天真的是演過了頭？

張春生這些年春風得意，心裏的固執和盲目自信可不是一丁半點，自己要想改變他的心態，就必須要狠狠地否定他的過去，揪住他的失誤一打到底，要是不說點狠話，那老傢伙又怎麼會把自己這個毛頭小子的話聽到耳朵裏。

「唉！」劉嘯嘆了口氣，自己費盡心機，才想出這麼一招張良計，戲也演得十足，可自己千算萬算，就是漏算了張小花，她當時怎麼會突然出現了呢。

唉，要是自己能事先跟她通個氣就好了，現在可好，她心裏肯定記了我的仇，這個梁子可結得不輕啊。

不過，看那天老張的反應，似乎他是把自己的話聽進去一點點了，要不他也不會要弄清楚他是怎麼輸的了，照這樣看的話，那他也應該明白自己那

些話都是沒有惡意的，可是，又怎麼會這麼多天都沒有消息呢？

「難道真的就沒有人看出我的良苦用心嗎？天吶……」

劉嘯想來想去整不明白，心裏一陣洩氣，索性閉起眼，在草皮上打起了瞌睡。

「啊——嚏！」

劉嘯睡得正香，突然感覺鼻孔裏一陣癢，於是打了個驚天動地的噴嚏，睜開眼，發現張小花笑呵呵地蹲在自己身邊，手裏把玩著一根細草。

「不會是做夢打噴嚏吧？」劉嘯揉揉眼，順手在自己臉蛋上掐了一下，疼，他這才清醒過來。

「睡得挺香啊，隔老遠都能聽到你的呼嚕聲。」張小花還是那麼笑呵呵地看著劉嘯。

劉嘯知道張小花是在打趣自己，因為自己睡覺從來不打呼的，於是伸了個懶腰，將胳膊墊在了腦袋下面，感慨道：

「陽光明媚，小鳥歌唱，空氣新鮮，正是睡覺的好時候啊！」

「別貧嘴了，我找你有事呢！」張小花拽了拽劉嘯，想讓他坐起來。

劉嘯換了個姿勢，繼續躺著，懶洋洋地道：「我可不去勸你老爹了，吃力不討好！」

「瞧你那小氣樣，是我不對行不行！我給你道歉了。」張小花服了軟，「當時我看那場面，以為你真的瘋了呢，換了是你，你老爸被人那麼說，你能不著急？」

劉嘯笑了笑，好奇地問道：「你老爹現在怎麼樣了？他是不是恨死我了？」

「他好著呢！他比任何人都要明白，本來我還在生你的氣呢，他倒跑來勸我了，說你那是在『重錘敲破鼓』，他說你敲得好，一下把他給敲明白了。後來我一想，覺得的確是這麼回事，也就不生你的氣了。」

劉嘯一聽樂了，呼哧一下坐了起來，嘴上卻促狹道：「我可沒說你老爹是破鼓啊，這是他自己說的。」

「知道知道，是我老爸自己說的！」張小花拿劉嘯的囉嗦沒辦法，「真受不了你！」

「你找我什麼事？」劉嘯看著張小花，「不會又是給我介紹什麼活吧？」

「吶！」張小花掏出一張卡，遞到劉嘯跟前，「這是你上次的酬金，你

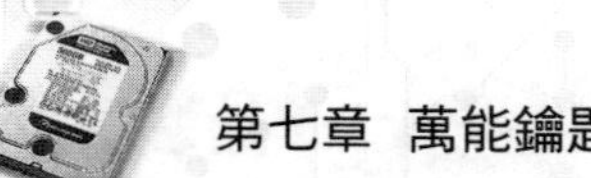

先拿著。」

劉嘯沒接，狐疑地看著張小花，「你還是先說什麼事吧，不然我拿著不放心啊。」

「讓你拿你就拿著吧！」張小花把卡直接丟到了劉嘯懷裏，「什麼事也沒有，放心吧，我就是給你送錢來了。」

劉嘯這才放下心，把卡拿起來，笑咪咪地看著，「咳……，這錢來得太快了，我都有點不好意思拿了，總拿你的錢……」

「貧什麼貧！」張小花白了一眼，「你辦事，我付錢，天經地義。趕緊起來，跟我走！」

「去哪兒？」劉嘯剛要把卡往兜裏塞，一聽這話，那卡愣是沒敢往兜裏揣，他就知道張小花找自己肯定沒好事。

「我老爸讓我專程來請你，他有事情要問你！怎麼樣，夠給你面子了吧！」張小花俏皮地看著劉嘯。

「啊？」劉嘯的臉皺成包子，嘟囔道：「不是說沒事嗎！」

「是啊，我只是說我沒事，我可沒說我老爸也沒事。」張小花一把拽住劉嘯，「走吧走吧，本大小姐請你，你還磨蹭什麼！」說完不由分說，拖著劉嘯就走。

劉嘯這是第三次來張小花的家裏，前兩次他大大咧咧的，這次反而有些生分拘束，坐在客廳的大沙發裏一動也不動。

張小花很不適應劉嘯的這個變化，搞得她有些莫名其妙，拿起一個蘋果遞了過去，「吃水果啊！」

劉嘯只是把蘋果接了過去，卻不下口，問道：「你老爸啥時候回來啊？」

張小花看了一眼時鐘，道：「快了！我給他打過電話了，他說馬上就回來。」

「他找我到底啥事？」劉嘯心虛地問。

張小花一看樂了，原來這小子一直在擔心這個呢，怪不得陰陽怪氣的，「放心，我老爸又不會吃了你！」

「能吃了我倒好了！」劉嘯抓起蘋果，恨恨地咬了一口。

話音剛落，門鈴就響了起來，韓姨跑過去拿起門邊的視頻對講機，裏面出現了張春生的身影，韓姨忙不迭地打開了門。

「劉嘯那小子來了吧？」張春生人還沒進門，就先問著韓姨，待進來看見劉嘯，他的笑聲就起來了，快步奔向劉嘯而來。

劉嘯忙站了起來，剛要打招呼，就被張春生一個熊抱給抱住，搞得他一口氣差點憋住了。

張春生鬆開胳膊，很激動的樣子，「你小子可是來了，那天你把我一番數落，完了你自己倒是痛快，一走了之，害得我這幾天是沒著沒落的，吃不好，睡不香。」

劉嘯聽得出，張春生嘴上這麼說，話裏卻一點責怪的意思也沒有，看來他是真的想明白了，劉嘯這下倒有些不好意思了，道：

「小子年輕，說話也沒個深淺，你可千萬別往心裏去啊！」

「你站著幹嘛啊，坐！」張春生把劉嘯按到了沙發裏，「我怎麼會怪你呢，我感激你還來不及呢。」

待看見劉嘯面前只有一杯清茶，張春生就叫了起來：「韓媽，你去把我那最好的大紅袍拿出來。」

旁邊的張小花就有意見了，對著劉嘯道：「你看我老爸多偏心，平時把那些好茶藏得嚴嚴實實的，我想摸一下都不行。」

「你個死丫頭，你知道什麼是個好茶？還不是想看個稀奇，白白糟蹋了我的茶葉。」張春生笑罵了一聲，自己也坐了下來。

張小花嘟著嘴，「那你就知道他懂茶？」

劉嘯乾笑了兩聲，沒搭腔，不過都是玩笑話罷了。

張春生看著劉嘯，感慨道：「我老張小時候家裏窮，天天到別人家去打短工，受盡了白眼，挨罵更是家常便飯。但自從我幹起了事業，就再沒人敢那麼夾槍帶棒地訓我了，你小子是頭一個。」

劉嘯咳了一聲，「我……」

「你啥也別說，老張我都明白！」張春生掐斷了劉嘯的話頭，「在這些所有罵過我老張的人中，我誰都能記恨，但只有兩個人，我非但不記恨，還要感謝他。頭一個呢，就是我陳大哥，要不是他當年的一通罵，我老張怕是早尋了短見，去閻王爺那裏報到了，哪會有今天的好日子。這第二個，就是你了，別人罵我，要麼就是嫉妒眼紅，要麼就是純粹惡意中傷，都是子虛烏有的東西，我老張聽見也當是沒聽見。但你不同，你每句話說的都是板上釘釘的事實，分析得也是客觀公道，你罵得我老張是啞口無言，罵得我是心服口服啊。」

張春生越說越激動：

「我老張這個人是有些小肚雞腸，腦子也有些糊，但我還是能夠分出個好歹的，你小子是沒把我當外人，是為我好，才罵我的。換作了是路人，他肯定巴不得看我笑話呢，恨不得自己再上去煽風點火，我就是想讓人家罵我，人家還不樂意呢。」

劉嘯一陣臊得慌，臉皮燙得厲害，張春生都把自己吹成花了，可自己哪有那麼高尚啊，自己只不過是和張小花有約在先，為的就是那十萬塊錢，張春生肯定是不知道這個約定，要是知道，他就不會這麼說了。

張春生往劉嘯這邊挪了挪，一把拉住劉嘯的手，「我真是太高興了，如果你不嫌棄，以後咱們這個朋友就算是交定了。」

劉嘯忙不迭地點頭，嘴裏也喊不出什麼好詞了，一個勁地說著：「榮幸之至，榮幸之至。」

張春生大喜，站了起來，「好，以後我就喊你劉老弟了！」

「啊？」劉嘯大驚，跳了起來，急忙搖頭，「不行不行，這絕對不行！」

「怎麼？」張春生不悅，「你看不上我老張這個朋友？」

「不，不是這個意思！」劉嘯連連擺手，「我可受不得你這一聲老弟，你比我老爸要長兩歲，我和小花又是校友，我還是喊你張伯伯吧。你要是真喊了我劉老弟，那我以後見了小花，豈不是要占她很大便宜。」

一旁的張小花也開了腔，「老爸，你怎麼又這樣，見誰都稱兄弟。現在早都不興這個了，你是不是還要插草為香，義結金蘭啊！」

張春生尷尬地笑了笑，「我這是太激動了，既然你們年輕人不興這一套，那就按你們的方式來。」

眾人重新坐定，張春生看著劉嘯，道：

「劉嘯，我這幾天仔細想了想，覺得還是應該重新把電腦搬回公司，我也找來幾個專業公司的人諮詢過了，結果我都不滿意。就是你上次說的那個什麼擺渡攻擊，他們好像都拿不出什麼有效的辦法，我左思右想，這事還得找你來商量，我覺得你比他們強。」

劉嘯有些不好意思地笑了笑，「其實，我那天也說了個謊，這種擺渡攻擊並不屬於正常的駭客手段，目前為止，只有一些很專業的網路間諜才會使用這種方法，這種技術很難掌握，一般的安全公司因為對這種方法不瞭解，所以也就沒有什麼好的辦法來防範。」

「那你有什麼辦法嗎？」張春生問，他比較關心這個問題。

「其實僅僅是要防範擺渡攻擊，那倒是很容易辦到的！」

張春生大喜，「我就知道找你準行！」

劉嘯搖了搖頭，「我的意思不是這個，我是說，如果你真的把電腦和網路重新搬回公司，你可能面對的就不僅僅只是擺渡攻擊了，在網路上，駭客的攻擊手法更為多樣化，有時候真的是防不勝防。舉個例子來說吧，假如我們現在已經防止了擺渡攻擊，那駭客自然就會改變方法，我看到公司的通訊錄上，很多人都有E-MAIL，有的員工甚至把自己的E-MAIL地址印在名片上，這些東西應該不屬於什麼機密吧？」

張春生點了點頭，他看秘書小李的名片上似乎就有E-MAIL。

「E-MAIL在我們看來，不過就是個通訊的手段，本身並沒有什麼價值，但在駭客眼裏，這些E-MAIL簡直就是一把萬能鑰匙，能在E-MAIL身上搞出很多花樣來。一，他得到了你的E-MAIL地址，利用暴力拆解的手段，破解出你的郵箱密碼，這樣他可以輕鬆得到你郵箱內的所有資料；二是，假如你的郵箱裏沒有什麼有價值的資料，那也沒關係，他可以從你收發郵件的記錄上找到你的客戶或者是同事的E-MAIL，這樣他就可以得到這些E-MAIL內的資料，由此延伸，他還會得到你同事的同事的資料；三，有些手段更高明的駭客，知道你的E-MAIL後，可以冒充你的E-MAIL給你的同事或下屬發郵件，郵件內載入一個木馬程式，別人一旦接收郵件，木馬就會被安裝在電腦裏，伺機竊取資料。」

張春生的臉有些綠了，照劉嘯這麼說，那電腦就沒法用了啊。

劉嘯趕緊說出自己的主題，「所以，要想從根本上防止駭客入侵，第一，必須提高員工的素質，增強他們的安全意識，養成良好的安全習慣，盡可能地減少洩漏資訊的途徑；第二，建立一套完整的企業網路安全系統，安裝殺毒軟體和反間諜程式，配備專業安全人士負責維護，做好二十四小時的反入侵準備；第三，劃分企業資訊等級，按照許可權進行資訊配置，增加駭客竊取機密資訊的難度，做好企業資訊在保存和傳輸過程中的加密工作，讓駭客即便是竊取到了資訊，也無法破解出資訊的真實內容。」

「好，好，太好了！」張春生狠狠地拍著大腿，還是那句話，「我就知道你小子行！聽你這麼一說，我心裏就有底了，你比那些專業公司的人強多了，一下就能說出重點。」

劉嘯笑了笑，「張伯伯你也別太高興了，我說的這些雖然可以基本防範入侵，但要完全實現，需要的資金和人力也是很多的，可不是上次那樣隨隨便便花個幾百萬，然後人手一台電腦就可以解決的。」

「花點錢怕啥嘛！」張春生擺了擺手，一副財大氣粗的樣子，不過，他還是很謹慎地問了一句，「你大概估算一下，需要多少錢？」

「這個我還真不清楚，不過，我估計至少也得在兩千萬左右，具體的數字，得你們去和那些安全公司談。」

張春生聽完這個數字，心裏就開始盤算了起來，商人嘛，總得計算一下成本和收益。

張小花看不慣自己父親這種老財迷的作派，便道：「老爸，兩千萬你還要考慮啊，不會虧本的，你放心吧！」

劉嘯看著張春生，「兩千萬不是個小數目，不過，我個人認為把這些錢投在公司的網路和資訊系統建設上，是絕對物有所值的，這是未來發展的趨勢。就像我們平時經常在新聞上看到某某飛機失事的消息，但我們不能否認的是，飛機目前仍然是所有交通工具中，安全係數最高、傳輸最為快捷的方式。這和網路有很大的相似性，駭客的入侵，並沒有擋住那些大企業不惜一切搞自身網路建設的決心，因為他們很清楚，這是一筆屬於未來的投資。」

「對對！」張小花連連點頭，推了張春生一把，「誰都不是傻子，你看那些比我們張氏大得多的企業，各個精明得要死，為什麼還要拼命砸錢搞網路。」

張春生似乎還是拿不定主意，沉吟了半天，道：「既然要搞，就得搞好，得有個全盤的考慮才行，讓我再謀劃謀劃！」

張春生不再排斥電腦，劉嘯的任務也算是完成了，至於張春生的投資問題，那就不是劉嘯能管得了的了，所以他也不再強勸。

張小花不死心，繼續嘟囔了一會兒，張春生仍沒痛快地答應，這事就算到此為止了。

張春生留劉嘯在家裏吃了飯，兩人又殺了兩盤棋，看天色很晚了，張春生才不得不放下棋子，約好下次再戰，然後叫司機把劉嘯送了回去。

第八章　另請高明

「你這不是看重我，是在害我！」劉嘯指著自己，「我是學電腦的不假，可就算我懂得怎樣去設計一個企業決策系統，但我沒有任何的經驗啊，只要一個失誤，整個項目就會失敗，我負不起這個責任，你還是另請高明吧！」

口袋裏有了鈔票，工作又有了著落，劉嘯畢業前的這段日子可謂是愜意至極，他周圍的人整天東奔西跑，費盡心思想要找一份滿意的工作，而劉嘯做好論文之後，就每天守在電腦前研究他的駭客技術，閒下來時，就去自習室睡覺，或者去草皮看來來往往的美女。

今天他正躺在床上思考問題呢，桌子上的電話「嗡嗡」叫了起來，劉嘯有一種預感，肯定是張春生打來的，他最近時不時總讓自己過去下棋，雖然每次都輸，但似乎張春生已經把勝負看開了，更多的是享受這個樂趣。

劉嘯爬起來，看看顯示，果然是張春生打過來的，就接了起來，「張伯好，又要下棋？」

「都火燒屁股了，不能再下棋了！」張春生口氣很焦急。

劉嘯愣了一下，「發生什麼事了？」

「你來公司一趟，我有件事要跟你商量商量！」

張春生怕劉嘯不放在心上，又特意叮囑道：「現在就來，我派司機去接你。」

劉嘯連說「不用不用！」，心裏有些納悶，看來張春生這事還挺急的，不過，他找自己去商量又有什麼用，自己一個學生，好像頂不上什麼大用啊。

「你別著急啊，我現在就搭車過去。」

劉嘯掛了電話，突然想起一件事，難道張春生想開了，要在張氏大搞資訊化建設了？

趕到春生大酒店，劉嘯就直奔張春生的辦公室，路過那個電話線路板箱子的時候，劉嘯還特意瞄了一眼，箱子重新換了一把鎖，上面貼著「嚴禁私自打開」的標語，保安時不時還會巡到這裏來看一下。

張春生坐在自己的辦公椅上，一臉的火氣，不知道在和誰生氣呢，看見劉嘯進來，就站了起來，往會客沙發那裏一指，道：「劉嘯，來，這邊坐。」

「張伯，出什麼事了，這麼著急把我叫了過來？」劉嘯坐了下來，道：「我看你今天氣色不太好。」

「能好得了嗎？」張春生氣呼呼地喝了口水，「早上廖正生那個王八蛋突然請我吃早茶，見面就吹牛，說他們廖氏最近請了一位電腦高手，要對整個廖氏企業進行資源整合，搞什麼企業資訊決策系統，還要搞什麼無紙化辦公。他搞就搞好了，為什麼偏偏要來告訴我，還不是笑話我老張沒文化嘛，想想我就來氣。」

張春生激動地站了起來，「對了，他還一個勁兒地吹他兒子是多麼多麼有才，在國外喝了多少洋墨水，他準備要交權，放手讓他兒子去幹，這不就是說我們家姍姍沒出息，沒上個好學校嘛，簡直是氣死我了。」

「消消氣，消消氣！」劉嘯急忙勸著，「他說這些，就是想讓你生氣嘛，你這一生氣，不剛好上了他的當，中了他的意嘛。」

劉嘯對於張氏和廖氏的鬥爭也是有所耳聞的，封明市的另外一家五星級酒店，就是廖氏的「正生大酒店」，張廖兩家從來都是針尖對麥芒，你幹什麼，我就幹什麼，誰也不服誰，也不知道他們哪來的這麼深的怨念。

廖氏的廖正生出身文化世家，一直都瞧不起泥腿子出身的張春生，想盡辦法要擠死張氏，沒想到張氏越打越大，最後兩家落了個旗鼓相當的局面。不過，廖正生在下一代的培養上就要比張春生有遠見，他把兒子廖成凱很小就送到了國外深造，現在兒子學成歸來，長了本事，他自然要來張春生跟前抖一抖，我商場上壓不過你，其他方面總壓得過你吧。

張春生再次坐了下來，「我已經想好了，他們廖氏搞，我們張氏就絕不能落後。我真是後悔啊，上次沒聽你的，要是我們張氏能搶先一步幹上，哪還輪得到他廖正生吹牛呢。」

劉嘯哭笑不得，不知道張春生這是什麼邏輯。

「人家都已經笑話過了，你就是現在馬上搞不也已經晚了嗎？等你搞成功了，廖正生又來找你喝茶，說：『老張啊，你隊形保持得不錯嘛，我們走哪裡，你就跟到哪裡，時時盯著我們廖氏的腳後跟。』那時你要怎麼回答？」

「他敢！」張春生沒了主意，跳起來說著狠話：「他敢這麼說，我就敢揍死他那個老王八蛋。」

劉嘯無奈的搖了搖頭，「照我看，這個資訊系統還得搞。以前咱們確實是落在了廖氏的後面，人家搞房產，咱也搞房產，人家搞酒店，咱也搞酒店，就算廖氏不來笑話咱們，外人也是要說的，說廖氏是行業開創者，而咱們是跟風者。」

「你小子說話怎麼前後不搭調啊，那我們搞了，不還是跟風的嗎？」張春生有些氣悶，劉嘯這話等於白說。

「我還沒說完呢，這跟風也有不一樣的，咱們要跟風，但是不模仿啊。」

劉嘯整理了一下思路說：

「舉個例子說，別人有搞房產的，也有搞酒店的，那咱們就搞個酒店式公寓、或者是公寓式酒店，只要咱能玩出新花樣，那就不是跟風，就是創意。這次的網路建設也一樣，雖然我們步伐上落了後，但只要我們起點高，眼界遠，做出來的東西更加人性化，更能符合未來企業發展的需求，更能提高企業的運轉效率，那日後大家評價的時候，廖氏是開創者，而我們則是新起點的領跑者，這就叫『輸在起點，贏在終點』。在接受新事物上，我們不但要比他們快，更重要的是，我們要比他們能更好地使用和利用新事物，光快有啥用啊！」

「對，對，對！」張春生大喜，「就是這個意思！他廖正生先下手不一定就強，我們後下手也不一定就遭殃，說不定我們反而會後來居上呢，以前不都是這樣嘛，哈哈哈，你小子說得太對了。」

劉嘯被誇得有些不好意思，其實這些道理張春生都懂，而且一直都是這麼辦的，只是今天他怒火攻心，又被自己一反問，反而迷糊了。

「劉嘯，你把你上次跟我說的那幾個一二三，再給我說說，你的電腦水準高，我看就按你說的那個做吧，這次一定要壓過廖氏。」

張春生喜滋滋地坐了下來，喝了口水，神情再次得意了起來。

劉嘯搖了搖頭，「做還是要那麼做，不過，我們卻要做得更好。」

「這話怎麼講？你詳細說說。」

「上次我說的主要是安全方面的解決辦法，但現在不同了，廖氏要做的是一個對企業資源、資訊進行整合協調的輔助決策系統，我們要超過他，安全只是其中一個方面，其他還有很多東西都要做。我不太懂企業具體的運作，但這個輔助決策系統包含的範圍涵蓋了整個企業的運作環節，包括採購、生產、銷售、決策、風險、人事，等等，具體到每個人，也就是說，這個人從踏入企業開始，這個系統就會根據這個人的職務性質，隨時隨地服務於他的左右。」

「再具體一點！」張春生還是有些不很懂，「你說說這個系統到底能做什麼。」

「拿你來說吧！」劉嘯笑了笑，「你剛一走入這酒店的大樓，樓上的秘書小李就知道了，他開始幫你泡茶，然後把那些替你精心篩選出來的報紙摘要、辦公用具放在你的桌上，等你進到辦公室，你就可以馬上喝到泡好的茶。

「小李的電腦上會有你一天的日程安排，電腦會提前提醒，準時執行，你要開會，只要按時走進會議室，就會發現需要參加會議的部門經理都已經坐在那裏等你了；如果要出門，等你走出大門時，你的車子會剛剛好停在門口。這些都是由電腦來執行，再也不用小李挨個給那些部門經理打電話通知，也不需要提前知會司機。你可以不出這個門，就能參加外地分公司召開的重要會議。

「通過決策系統，你能很清楚地知道公司每個項目的進展情況，包括項目此刻有多少人力財力在完成，明天需要投入或追加多少人力財力。公司的每一個決策都會在系統裏執行，系統能分析出預期的收益，也能預見潛在的風險，通過這個系統，你可以把企業的資金更加合理快速地運轉起來。如果你願意，甚至你可以知道此刻你公司的每一位員工在幹什麼。」

「這些電腦都能做？」張春生有些吃驚，他只知道電腦計算得比人快，可以打字玩遊戲，上網，還可以和其他電腦聯繫。

「光有電腦是不行的，還需要其他設備的配合，最重要的是這個決策系統，只有通過這個系統，電腦才能發揮出那些作用。」

張春生還是一知半解，便道：「聽起來倒是不錯，那就照這樣做吧。」

劉嘯笑了笑，「這樣下來可得花不少錢啊，兩千萬肯定是不夠的！」

張春生一聽到花錢就心疼，盤算了半天，一咬牙，說：

「豁出去了，只要能壓住廖氏，花多少錢我都願意。」

張春生要把電腦重新搬回張氏，是劉嘯一手促成的，現在張春生既然要大幹了，那劉嘯自然就不能旁觀，該說的他還得說，該提醒的他還得提醒。

劉嘯想了想，道：「張伯，其實也不一定就要花最大的價錢。那廖成凱在國外留學多年，見識的都是大企業，甚至是跨國企業，他現在搞的這個無紙化辦公，也是國外剛剛興起的一個理念，成功實現的極為少數；至於這個東西能不能適應企業的需求，還需要檢驗的，我看這小子是有點好高騖遠了。我們要搞，就要搞一個最能適應我們企業特點，又符合潮流發展的東西，盲目追求一些高標準反而不好。這個系統就好比是鞋子，你給企業穿得大了或小了，企業非但跑不快，可能還會因此拖慢腳步。」

張春生顯然是早有主意，大手一揮，「你跟我說這些文縐縐的我也聽不太懂，反正我已經想好了，我就把這事交給你了，有你幫我籌措，我完全放心。我就等著你把這個東西搞好以後，我也去氣氣廖正生那老王八蛋。要是不給他點厲害看看，他就不知道我的能耐。」

張春生說完，朗聲笑了起來。

「不行！」劉嘯像坐了釘子板一樣跳了起來，「我搞的是網路安全，和這個企業決策系統完全是兩碼事，你讓我出出原則性的主意還行，讓我具體負責這事，是絕對不行的。」

「反正都是搞電腦的，有什麼不同？」張春生瞪起了大眼，「我看你就行，你比那些什麼專業公司的都要強。」

「你這不是看重我，是在害我！」劉嘯指著自己，「我是學電腦的不假，可就算我懂得怎樣去設計一個企業決策系統，但我沒有任何的經驗啊，沒有一個企業會把這麼大的一個投資交給一個新手來操作；只要一個失誤，整個項目就會失敗，你可能連一個殘次品都看不到，幾千萬就徹底打了水漂。我負不起這個責任，你還是另請高明吧！」

「打水漂就打水漂，我既然敢叫你做，就不怕打水漂！」張春生也跳了起來，「我看你小子是沒有自信，你都沒做怎麼知道你不行！」

張春生犯起渾來，劉嘯真是有嘴也說不清，「這不是自信不自信的問題，是我有自知之明，我能吃幾碗飯我很清楚。」

「你還別跟我提自知之明這四個字，我老張別的不行，但我看人絕不會走眼！」

張春生也懶得和劉嘯再糾纏下去，道：「反正這事你一定得幹，不想幹也得幹，你別以為我是看你和我關係好，才把這事交給你做，我老張有那麼糊塗嗎？你要是肚子沒貨，那就是你求我，我也不會讓你做的，我讓你做，那就是為了我們公司好，就是為了壓過廖正生那老王八！」

劉嘯無奈，和張春生這種人簡直沒法講道理，他是那種認準一條道就走到黑的人，劉嘯當即拍屁股走人，「你愛找誰找誰去，反正找我就是不行！」

張春生大怒，牛脾氣也上來了，追到門口，朝著外面大喊：「你小子還別跟我橫，我就不信我請不動你，這事非得你幹不可！」

劉嘯前腳剛踏進校門，張小花電話就打過來了。

「你和我老爸吵架了？」

「吵架？」劉嘯急忙解釋，「你聽誰說吵架了？我們只是在商量事情來著。」

「小李說的啊！」張小花說得很急，「他說和你和我老爸在辦公室都吵

翻了，最後你摔門走了，剩我老爸在屋子裏罵人。你們商量事情能商量成這樣？」張小花顯然不信劉嘯的話。

「就那個在張氏搞網路建設的事情，你老爹本來只想小打小鬧就可以了，沒想到廖正生今天早上跑去撩撥他，把他撩撥火了，發了狠，要大搞，就把我叫過去商量，結果商量商量著，就變成了要我去負責這事！」劉嘯苦著臉，「你老爸這不是在開玩笑嘛，我哪能負責得了這麼大的事。」

張小花「咯咯」笑了起來，「拜託，讓你做那你就做吧，吵來吵去的，害我以為發生了多大的事呢！」

「我可沒跟你開玩笑啊！」劉嘯口氣嚴肅了起來。

「我也沒跟你開玩笑！」張小花的口氣怎麼聽都沒有個正調，倒像是幸災樂禍。

劉嘯無奈道：「我說你是怎麼回事啊？這可是你家的投資，交給我做，我一沒經驗，二沒實力，搞砸了，賠的可是你家的錢，你怎麼就一點也不緊張啊！」

「我緊張啥？」張小花反問，「不交給你做，難道還要交給我做啊？那不是鐵定要賠的嘛。」

劉嘯感覺像是挨了一記悶棍，有一種要吐血的感覺，心想這真是「龍生龍、鳳生鳳」，這對父女倆連考慮事情的邏輯竟然是出奇地一致，荒唐到了極點。

劉嘯道：「交給誰都行，反正別交給我！」

張小花準備掛線了，「我就問問到底出了啥事，現在事情搞清楚了，我也就放心了。至於其他事情，我才不管呢，愛交給誰就交給誰，只要不交給我就行！」

劉嘯回到寢室，直接把手機關機，然後開始做自己的事情，一天三頓飯他都拜託寢室的人幫他帶回來。劉嘯的想法很簡單，你張春生就是再有辦法，你找不到我也沒轍啊！

他這招還確實有效，竟然平平安安地過了兩天。

第三天劉嘯是被吵醒的，有些不耐地捂住耳朵，「靠，有沒有搞錯啊，學校裏怎麼會有嗩吶和鑼鼓的聲音！」

同寢室的人也被吵得不行，爬起來走到陽臺，往下一瞧，就叫了起來：「劉嘯，劉嘯，快起來，看樓下，找你的。」

回頭發現劉嘯還在睡覺，室友也急了，跑過來就掀了劉嘯的被子，「你小子別睡了，快去看看，樓下都鬧翻了，找你的。」

劉嘯被說得一頭霧水，「什麼找我的？」

「你看看就知道了！」室友也懶得解釋，直接把劉嘯拽起來拖到陽臺上，「你看！」

劉嘯往樓下一瞄，立時傻眼，只冒出一句：「我靠！」

只見樓下來了一隊鑼鼓隊，連吹帶打，此刻正鬧得歡呢，各種花活絕招是接二連三，腦門上都冒出了一層汗。旁邊圍了一群學生，不時地擊掌叫好。

鑼鼓隊中間擺著一頂八抬大轎，幾個轎夫拿著竹竿戳出一副對聯，上聯「古有劉備三顧茅廬請諸葛」，下聯「而今老張八抬大轎聘賢才」，橫批「劉嘯你行」。

「劉嘯，你小子行啊！」室友們都笑了起來，「這待遇都趕上諸葛亮了！說吧，怎麼回事？」

「鬼知道是怎麼回事！」

劉嘯極度鬱悶，往下再仔細看，差點沒氣出血來。張小花也站在下面的人群裏，手裏拿著個擴音器，正耀武揚威地指揮著鑼鼓隊：

「再敲熱烈點，再熱烈點，把你們的絕活都拿出來。」

劉嘯回到寢室，趕緊翻出手機，開了機，開始吼道：

「張小花，你想幹什麼？」

樓下的鑼鼓聲戛然而止，然後電話裏傳來了張小花的聲音：

「你說什麼？再說一遍，剛才太吵，沒聽見！」

「你想幹什麼？」劉嘯拿著手機走到陽臺，繼續吼道：「你就是要鬧，也得分個場合好不好，這是學校！」

「沒辦法啊，都是你逼的，不然怎樣才能把你叫出來啊！」

劉嘯看見下面的張小花做了個很無辜的聳肩動作，然後舉起手機朝著宿舍揮手。

劉嘯頭痛不已，道：「好，我現在已經出來了，有什麼事情就說吧！」

「很簡單！只要你答應負責我們張氏企業的網路項目，我馬上就從你眼前消失！」

「張小花你怎麼回事？」劉嘯真想拿個東西砸張小花的腦袋上，「我上次不是已經跟你說的很清楚了嗎，這事別找我，我做不了。」

「跟我說有什麼用，我又做不了主！」張小花耍起了無賴。

「己所不欲，勿施於人！你自己家的事，你都不願意負責，找我個外人算怎麼回事？」劉嘯牙都咬得格格直響。

「我也是沒有辦法啊！」張小花一副無辜的口氣，「我老爸說了，只要我能把你請到張氏，他就給我換新車，賓士最新款的，還答應讓我去歐洲旅遊，如果請不到你，就扣我一年零用錢，沒辦法，為了我的車子和荷包，只好犧牲你了，嘿嘿嘿！」

張小花電話裏一陣壞笑。

「我……」

劉嘯氣得都快說不出話來了，自己怎麼就說不通這兩個人呢，他們怎麼就那麼死腦筋，自己要是能搞定，何必推三阻四呢。

「我什麼我？你趕緊答應好了，也省得我在下面忙活，怪累的！」

「你死了這個心吧！」劉嘯發狠了。

「那就沒辦法了！」張小花陰陰一笑，就掛了電話，緊接著，那吵人的鑼鼓聲音再次響起。

劉嘯真是欲哭無淚，「天啊，我怎麼會惹上這兩人了呢！這還讓不讓人活了！」

「你小子別得了便宜還賣乖！」室友有些犯酸，「你說我怎麼就沒這好命啊，每次面試都被拒絕。咦？劉嘯，下面那女的很漂亮啊，個子高，身材好，你要是不喜歡，給兄弟我介紹介紹好了！」

劉嘯正在氣頭上，一聽這話，就沒好氣地瞪了那人一眼，「你去追啊，小心她閹了你，那可是隻母老虎！」

說完，劉嘯皺眉看了看下面，一陣心煩，只好回到寢室裏，打開電腦，戴上耳機，這才稍稍阻擋住那喧天的鑼鼓聲，來了個六根清淨，眼不見心不煩。

「靠！看誰耗得過誰！」劉嘯咬了咬牙，繼續分析自己的東西。

幾個室友在樓上看得不過癮，招呼一聲，一起下樓感受熱鬧現場去了。

中午吃飯的時候，室友回來了，大包小包提了不少，進門一邊剔牙，一邊摘掉劉嘯的耳機，「吃飯了，吃飯了，有專門給你包的龍蝦大餐，可別浪費了。」

「龍蝦大餐？」劉嘯大吃一驚，「你們搶銀行啦？」

「搶你個鬼！」室友拍了劉嘯一下，「那張小花真熱情，一聽我們是你室友，二話不說就請我們吃飯，點了一大堆菜，吃不了，都給你打包回來了。」

「長這麼大，我還是第一次吃龍蝦魚翅！」另一個室友滿足地打了個飽嗝，「劉嘯，我看人家張小花很有誠意的嘛，你就別拿架子了，答應人家算了。這是人家專門點名了要你去，不然換了是我，我早插翅膀飛過去了，多美的事啊！」

「就是就是！」室友們齊聲附和，「答應了吧，你要是混好了，我們也跟著沾點光。」

劉嘯真是頭疼無比，張小花為了她的新車和荷包，還真捨得下血本啊，這頓飯估計又花出去幾千大洋了。

劉嘯站了起來，指著自己的室友，一副恨鐵不成鋼的口氣：

「你看看你們幾個，太沒有原則了，平時的骨氣原則哪裡去了？一頓飯就被人收買了，我平時白對你們好了。」

室友們「嘿嘿」笑著，「你要是請我們吃龍蝦魚翅，我們也願意被你收買。」

「我……」

劉嘯簡直不知道說什麼好，就算自己說破了嘴，也沒人會相信自己的，這在外人眼裏根本就是天上掉餡餅的好事，有企業重金禮聘，又能做大案子，這是別人求都求不來的機會，而自己卻要再三推脫，在別人看來，這簡直就是罪大惡極啊。

可是誰知道劉嘯的苦衷呢，劉嘯很清楚自己的能力，他一直研究的領域是網路安全，要是讓他去搞這方面的事，他十拿九穩，自然不會推辭，就算搞不好，至少也能保證不搞砸。但現在是讓他去搞一個企業的決策系統，這已經超過了他的能力範圍。

張春生也是把劉嘯當朋友，相信劉嘯的實力，才會讓劉嘯去幹這事，劉嘯自然不能坑害張春生，明明知道自己幹不了，卻要硬著頭皮去做，這樣到最後，事情一旦搞砸，怕是大家連朋友都沒得做了。

室友們看劉嘯不說話，以為他有些鬆動了，趕緊圍了上來，七嘴八舌地勸說著。

劉嘯急忙站起來，岔開話題，「下面的鑼鼓隊怎麼不響了？」說完就朝陽台走去。

室友們緊緊跟上，「學校保安來了，說影響學校正常教學，現在他們應該搬到操場那邊去敲打了吧！」

劉嘯再次吐血，看來張小花是不達目的不會罷手了，樓下的那副對聯還掛在那裏，在太陽底下紅得直刺眼。

「天啊！」劉嘯再次嘆了口氣，「這是要逼死誰啊！」回頭看看幾個室友又要勸自己，劉嘯大叫：「靠，你們誰再勸我，我和誰翻臉啊！」

第九章　銀豐軟體

一番考慮之後，他挑選出幾家比較有實力的公司，決定親自去一趟，把張氏的具體情況當面說清楚，然後看這些公司能不能拿出一個更滿意的解決方案。

劉嘯選擇的頭號公司，便是國內最強最大的銀豐軟體。

張小花鬧騰了兩天，看劉嘯不不吃這套，就把轎子和鑼鼓隊收了起來，改走溫情路線。

這下劉嘯可慘了，幾個室友輪番上馬，各個苦口婆心，說得好像劉嘯不答應張小花這事，那劉嘯就是錯過了一次人類進步的大契機，是與整個人類為敵，就會墮入十八層地獄，此生再也沒有翻身之日……。

眼見這宿舍是待不下去了，劉嘯只好躲到自習室去。誰知一出門就被人認出來，呼啦啦圍上一群人，打聽這打聽那，完了再是一番充滿「善意」的勸導。

劉嘯吸取教訓，出門前先進行一番偽裝，終於偷偷摸摸地混進一間人不多的自習室。

沒想屁股沒坐熱，劉嘯的老師就殺過來了，先是從人性道德、價值觀的角度給劉嘯上了一堂課，然後分析了一番當前經濟現狀、就業趨勢和國家政策，最後講到世界格局，還夾雜了許多做人做事的大道理，劉嘯只好再次敗退。

打了一天的游擊，晚上回到寢室，劉嘯剛想睡覺，寢室門被敲開了，「誰是劉嘯啊？」

劉嘯納悶，他不認識此人啊。

「我是，你有什麼事？」

那人用一種奇怪的眼神把劉嘯整個打量一遍，道了聲「沒事」就走了，搞得劉嘯丈二和尚摸不著頭腦。

「這已經是今天的第四十二個了，他真幸運，總算是看到你的活人了！」室友在睡夢中迷迷糊糊地哼著。

劉嘯徹底失眠了，那人臨走時的那一瞥，簡直就是充滿不共戴天的怨恨啊。

張小花看準時機使出殺手鐧，劉嘯遠在千里之外的爹娘也來了電話：

「兒啊，你這是遇到貴人了，別不識抬舉，你要是不把這事給人家幹好，老子我拿鞋底板抽你。」

劉嘯的老娘則只說了一句話，「嘯，聽你爹的沒錯！」

劉嘯徹底崩潰，躺在床上很鬱悶地想了許久，才拿起電話，給張小花撥了過去，第一句就是，「你贏了！」

劉嘯不得不服，張小花其他方面不行，但在耍手腕纏人這方面，自己還真不是她的對手。

張小花正在澡缸裏泡澡，一時沒聽明白劉嘯的意思，「你說什麼？」

「我答應你了！」劉嘯極不情願地說出這個結果，「不過，我必須事先和你約定幾個條件。」

「約法三章？給我說不頂用的，明天你找我老爸去談吧！」張小花又「咯咯」地笑了起來，「你說你早答應多好啊，這幾天把我都累慘了！」

劉嘯心裏本就氣悶得要命，哪有心思聽張小花訴苦，直接掛了電話。

張小花也不生氣，把電話放好，得意地捏了捏拳頭，「小鬼，跟我鬥！」然後舒服地往澡缸裏一躺，「我的車子，我的零用錢，啊，真是太美好了！」

第二天，劉嘯眉頭擰著個一個大大的「川」字，走進了張春生的辦公室，他的精神看起來很不好，可能一晚上沒睡好。

張春生早已知道了劉嘯會來，但還是喜悅非常，起身迎了過來，「你小子終於肯幫我了？哈哈，來，坐，這下我老張可就放心了。」

劉嘯苦笑著坐下，「你老是放心了，我可就倒楣啦，你這不是在給我製造壓力嗎，你看把我搞的！」

張春生拍拍劉嘯的肩膀，「你是年輕人嘛，身強體壯，氣力足，能挑能扛，這副重擔不壓給你們年輕人，難道還要我這老胳膊老腿去挑？」

劉嘯頓時語塞，張春生竟然把自己那套「吹牛年限論」的理論學了去，現在用在自己身上，倒成了絕殺技。反正已經答應了負責這事，劉嘯也不再訴苦，表了態：

「張伯你看得起我，才會把這事交給我去做，我也就不說什麼了，還是那句話，只要是我劉嘯答應做的事，就算再困難，我也會傾盡全力去做的。」

「好，我沒看錯人！年輕人嘛，就要有這種闖勁和血性！」

劉嘯咬了咬牙，「不過，我也有幾個條件。」

「說，我全答應！」張春生倒是很痛快。

「項目一旦啟動，該怎麼做就必須聽我的，不管廖正生怎麼來刺激你，你絕不能把你的主觀想法帶到這個項目中，更不能因此中斷項目或者卡斷資金。」

劉嘯多少有些擔心，張春生的眼睛總是盯著廖氏，恨人有笑人無，說不定廖正生一撩撥他，他又要添添改改，最後就算完工了，估計也會變成個

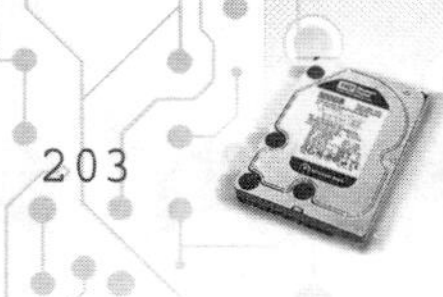

「四不像」，做事情最忌諱的就是外行指揮內行。

張春生大手一揮，「用你的話來說，就是我很清楚自己能吃幾碗飯，如果我自己能做得了，我又為什麼要這麼費勁把你請過來？你儘管放心，我既然決定把案子交給你負責，該怎麼做全是你說了算。」

劉嘯稍稍放了點兒心。

「還有，我只負責項目的規劃和建設，等項目完成後，你不能再這麼鬧騰我了，我的興趣不在這裏。雖然企業決策系統也很有挑戰性，但我更喜歡網路安全，那才是我的理想和目標。」

張春生稍微一愣，便點了頭，「既然你志不在此，我老張自然不能一再耽誤你的前程。這次算是我欠你一個人情，事成之後，你去留自便。」

劉嘯站了起來，「那我先回去準備準備，明天我來上班，咱們爭取儘快啟動項目。還有，你現在後悔還來得及。」

「你怎麼比我還要婆婆媽媽，我老張雖然決定事情的時候有些磨磨蹭蹭，但決定之後就絕不反悔。」張春生也不挽留了，衝劉嘯擺了擺手：「你趕緊回去準備吧，辦公室我今天就給你安排好，等你來了，再看有什麼需要的，我讓小李全力配合你！」

劉嘯走出張春生辦公室的時候，眉頭依舊是個「川」字，他心裏此刻承受的壓力是前所未有的巨大。

張春生不知道從哪裡又給劉嘯找來了兩位助手，等劉嘯一來公司，張氏的網路事業部就算是成立了，項目也就此啟動。

劉嘯還沒來得及熟悉張氏業務、瞭解企業結構，張春生就迫不及待搞了一個十分隆重的發表會，宣布張氏要搞網路資訊建設的事情。

和張小花一樣，張春生天生就會造勢，在新聞發表會上，面對媒體的提問，根本就不懂什麼是企業決策系統的張春生，居然也敢高屋建瓴、侃侃而談，而且還說的滴水不漏。

他只是從廖正生那裏聽來一個「無紙化辦公」的概念，當記者問起這個時，他避而不談無紙化辦公的優勢，而是話鋒一轉，講到了環保，說實現無紙化辦公後，可以節省多少多少的紙張，保護多少多少的森林不被砍伐，說張氏要為環保作出貢獻，這一下居然贏得了滿堂喝彩。

按照安排，張春生在發表會的最後宣布了招標公告，誠摯邀請全國有實力的公司前來聯繫，索取項目說明書。劉嘯只是剛剛開始工作，這所謂的項目說明書根本連個鬼影都沒有，張春生之所以這麼著急要開這個發表會，就

是為了打擊一下廖氏。

廖正生雖然在張春生面前得意了一把，但廖氏要搞企業決策系統的事情還在籌畫之中，因此他並沒有著急向外公佈。這下剛好讓張春生給鑽了空，張氏的新聞發表會一經媒體宣傳，張春生就成了封明市企業家中與時俱進、具有開創精神的代表人物，更成為了環保先鋒。

這樣的正面形象，封明市的市政府當然是不遺餘力地大肆宣傳和表揚，張氏的項目還沒開工，人氣就已經達到了頂點。不過，這讓劉嘯的壓力又大了幾分。

為了這個暫時的勝利，張春生把劉嘯拉到了自己家去吃飯。

「劉嘯，你動作抓緊點！」張春生光顧著出風頭，直到飯桌上才想起了招標的事，便叮囑道：「估計馬上就會有公司來談招標的事，那個項目說明書你要儘快搞出來。」

劉嘯只「嗯」了一聲，表示知道了，眉頭又鎖起幾分。說得容易，這項目說明書要是能隨隨便便搞出來就好了，你至少要保證設計出來的東西符合張氏企業的特點，而劉嘯現在對張氏企業的結構都還沒有一個完整的概念，更不要談什麼具體的要求和規劃了。

張小花吃飯不像別的女孩子，埋頭呼啦啦只顧扒飯，等吃飽了，才坐在那裏優哉遊哉地喝湯，看劉嘯吃飯比自己還慢，張小花就有些不滿。

「你怎麼吃得這麼慢啊，一點狼吞虎嚥的架勢都沒有！」

張小花往劉嘯碗裏塞了幾筷子菜，「別想事，趕緊吃，吃完再幫我看看電腦，看看有沒有再被……，唔，有沒有什麼毛病？」張小花及時住嘴，差點就把上次的事情說了出來。

劉嘯聽到這句話，不由嘆了口氣，心想自己當時要是不去撕張小花的那張懸賞海報，現在該是怎麼一個狀態？自己應該已經在做著去軟盟上班的準備了吧。

想到這裏，劉嘯一陣鬱悶，也不搭話，直接幾大口就把碗裏的飯扒進嘴裏，喝了兩口水，站了起來，「走吧，上樓看看去！」

張小花心情很好，站起來蹦蹦跳跳就要在前面帶路。韓姨看眾人都離開飯桌，就拿著一個東西走到張春生跟前，「上午的時候，有人送來了一份請柬！」

張春生有些意外，打開一看，就笑了起來，「哈哈，老說我盯你的腳後跟，這次你這老王八不也盯了回我老張的腳後跟嘛！」

原來請柬是廖正生讓人送來的，廖氏將於兩天後召開新聞發表會，發表會的內容和張氏一樣。

劉嘯剛走到樓梯口，聽到張春生的話就停了下來。

張春生把請柬一合，道：「劉嘯，這個請柬你拿著，我可是不敢去了，咱們的新聞發表會，我差點讓那幫記者問漏了餡。我看這回廖正生請我去也沒安什麼好心，估計早安排好了一大幫記者，要出我老張的洋相，你就代表我去應付一下吧。」

韓姨接過請柬，遞到了劉嘯的手裏。

劉嘯打開一看，「張春生先生：茲訂於六月二日八時，在正生大酒店榮華堂舉行本公司關於企業決策系統項目的新聞發表儀式。您在本領域有著極大的影響力，本公司誠摯邀請您參加此次儀式，敬請光臨。」

再往下看，就是發帖人的名字，「廖氏總裁廖正生、廖氏網路事業部經理張仕海敬邀」。

「張仕海！」劉嘯不禁叫了一聲。

張春生聽劉嘯大驚小怪地喊了個名字，也不知道是怎麼回事，就有些奇怪，「怎麼？這請柬有什麼不對嗎？」

劉嘯只覺得渾身發麻，原來廖正生口中所說的那位電腦高手，竟然就是邪劍張仕海。

雖然從沒聽說過張仕海在企業資訊系統上有什麼建樹，但他大學畢業後選擇的第一份工作，就是去銀豐軟體任職，由此可以看出，張仕海就算不精通企業資訊系統的設計，至少也不是個生手。而劉嘯卻是個徹徹底底的菜鳥，原本他已經是硬著頭皮上了，準備豁出去大幹一場，現在看到這個消息，強自撐出來的一點點信心立時被擊得粉碎。

張小花也看出了劉嘯神色不對，就推了他一下，「你怎麼了，丟了魂似的。」

劉嘯回過神來，搖了搖頭，「沒什麼事！」把請柬收好，努力擠出一個笑容，「你不是要看電腦嗎？走吧，我們上樓。」

樓下張春生仍搞不清楚到底發生了什麼事，抬頭看著樓梯拐角，納悶地撓了撓頭，「這小子怎麼回事，一驚一乍的。」

一走進張小花的房間，劉嘯再也堅持不住，腿下一軟，就跌倒在了地上，巨大的壓力下，劉嘯終於被壓垮了，在倒下的瞬間，他甚至感覺到解

脫。

張小花大驚，「劉嘯，你怎麼了？」

張小花很緊張，她看見劉嘯此刻臉色蠟黃，而且滲出了一層冷汗。張小花有些害怕，站起來就要叫人，劉嘯拼盡力氣拽住了她的手，做出個不要叫喊的手勢。

這下張小花不知道該怎麼辦了，蹲下來擦著劉嘯臉上的冷汗，聲音都快帶上哭腔了，「你怎麼了，不要嚇唬我啊，說話啊，你到底怎麼了？」

劉嘯躺在地上大口的喘氣，此刻他感覺渾身的骨頭都像是被人一寸一寸打斷了似的，疼到了骨髓裏，疼得讓人一點力氣也使不出來；但又很奇怪，疼得還讓人有一絲絲舒服的味道。

「原來一個人被心理壓力壓垮之後，會是這個樣子！」此刻劉嘯的腦子裏居然還會想到這個奇怪的問題。

「你……」張小花看見劉嘯的臉上突然冒出一個奇怪的笑容，不禁忘了害怕，愣在那裏。

劉嘯深深吸了口氣，「來，幫我一把，扶我起來！」

張小花趕緊托著劉嘯的腰，把他扶了起來，架到旁邊的椅子上坐了下來，「你覺得怎麼樣？有沒有好點？要不要叫醫生過來啊？」

劉嘯長長舒了口氣，「我沒病！」

「都這樣了還說沒病！」張小花都快被氣暈了，「你這人怎麼這樣，有病就要看醫生，硬撐算怎麼回事！」

劉嘯有點緩過勁來了，擠出個笑容，「我真的沒有病，休息一下就好了，你別擔心。」

張小花看劉嘯此刻的臉上開始恢復了一點點血色，這才稍微放心，趕緊去倒了一杯水，「要不你先休息一會兒，等緩過勁來，我陪你去看醫生。」

劉嘯搖了搖頭，從兜裏把剛才的請柬拿了出來，苦笑道：「想想真是可笑，我劉嘯平時天不怕地不怕的，沒想到今天竟讓一個請柬嚇成了這樣。」

張小花沒聽懂劉嘯的意思，接過請柬翻了翻，沒發現什麼異樣的地方，就奇怪地看著劉嘯，這小子不會是病傻了吧，怎麼老是說胡話。

「你知道張仕海是誰嗎？」劉嘯問。

張小花搖了搖頭。

「他就是邪劍，當今最厲害的網路駭客，你上次不是還提起過他嗎？」

說到這裏，劉嘯才想起告訴張小花，「上次廖成凱能入侵你的電腦，靠的就是邪劍的駭客工具。」

「啊！」張小花先是驚呼，然後整個人又像上次那樣，充滿了殺氣。

劉嘯感覺從張小花身上傳來一陣寒氣，趕緊推了她一下，「事情已經過去那麼久，你也不要太掛在心上。」

張小花突然一把抓住劉嘯的肩頭，死命地搖晃著，「我要報仇，我要你去打敗他！」

劉嘯不知道張小花哪來這麼大的力氣，竟然把自己的肩頭抓得一陣生疼，「放心吧，我會的！」

劉嘯這麼一說，張小花不禁詫異，心想這小子剛才還被嚇成半死不活的樣子，怎麼一轉眼又變得和往日那樣的自信了，她抓著劉嘯的手也不由鬆開了。

劉嘯繼續說道：「真是搞笑，我平時總想著自己以後一定要把這些成名駭客高手一一挑翻，成為最頂尖的駭客，沒想到剛一遇到高手，還沒過招呢，自己先慫成了這樣，雖然我們並不是相遇在駭客戰場上。」

「你會成為最頂尖的駭客！」張小花第一次認真地看著劉嘯，「邪劍那樣的人就不配做高手。」

劉嘯笑了起來，「在剛才倒下的那個瞬間，我突然想明白了，以前我想的太多，總是想著萬一項目失敗了，我要怎麼面對你和張伯，想你們會不會因此恨我，想我到底有沒有能力做這個項目，想著張氏和我自己要為這個失敗付出多大的代價。我想的總是失敗後的事情，想著想著就把自己想成了一個懦夫，對手只是剛一亮劍，還沒出招，我便應聲而倒了，真窩囊啊。」

劉嘯站了起來，「以後我再也不會這樣了，我只會去想一件事情，那就是贏；還有，為你報仇！」

「啊啊啊！」劉嘯的話讓張小花很提氣，她狠狠地在劉嘯肩膀上砸了一錘，然後跳起來抱住劉嘯的後背，胳膊使勁勒著劉嘯的脖子，大聲地叫喊：「我要你狠狠地打他！狠狠地打，往死裏打！」

劉嘯被勒得差點背過氣去，往後退了幾步，才沒被張小花勒倒，敢情張小花是把自己當作了邪劍，劉嘯此刻非但不生氣，反而覺得這個一直讓自己不爽的張小花，原來也是那麼的率性本真。

廖氏的新聞發表會，劉嘯最終也沒去，用張小花的話說，「我們沒必要給他們面子」。

廖氏的發表會開得很轟動，隱跡多年的駭客高手邪劍重出江湖，親自擔任廖氏企業決策系統的設計和開發，這消息遠比新聞發表會的正題更要吸引媒體的眼球。

不過劉嘯得到的消息卻是，因為邪劍的親自出馬，原本很多準備要去競標廖氏項目的軟體公司都放棄了，他們怕自己的設計在邪劍面前過不了關，因而紛紛轉投張氏。

劉嘯的辦公室每天都能收到來自全國各地軟體公司的詢問函，而廖氏卻只收到了包括銀豐在內寥寥幾個公司的意向。

劉嘯每天都在張氏的各地分公司之間來回奔波，張氏企業從事的都是些比較傳統的行業，而且每個公司的辦公氛圍、管理水準不盡相同，想要用高科技的手段把這些行業整合在一起，還確實不是一件容易的事情。劉嘯白天跑完，晚上就拼命地找資料研究，他這也是在參與中學習，在學習中參與。

半個月時間就這麼忙忙碌碌地過去了，劉嘯總算是對張氏的運作模式和企業結構有了一個整體的認識，關於企業決策系統的大概框架，他心裏也有了一個模糊的範本，但要成為具體的設計文本還需要一定的時間。

那些軟體公司整天來詢問張氏的具體招標要求和設計要求，劉嘯推脫了半個月，現在總算不用再推脫了，一番考慮之後，他挑選出幾家比較有實力的公司，決定親自去一趟，把張氏的具體情況當面說清楚，然後看這些公司能不能拿出一個更滿意的解決方案。

劉嘯選擇的頭號公司，便是國內最強最大的銀豐軟體。

雖然劉嘯對銀豐軟體的印象不佳，但做項目的時候，他必須把個人的感情放在一邊，國內有實力開發這樣大的企業決策系統的公司寥寥可數，而銀豐是其中最有實力的一家。

張小花聽說劉嘯要去海城，便在學校翹了課，也要跟著過去。

她是想到海城玩幾天，卻在張春生跟前說得振振有辭，說自己是要去歷練一下，學習一下怎樣做項目，張春生也懶得管她，等劉嘯把張氏企業的資料整理好，兩人就直接飛到了海城。

劉嘯是第二次來海城，對這個地方不算是陌生，直接在銀豐軟體的附近找了一家酒店住了進去。

張小花站在自己的房間裏就能看到對面的銀豐軟體。

「你跟他們約了什麼時間見面？」

「明天上午十點！」

劉嘯看著對面的大廈，覺得有些滑稽，自己不久前還發過誓，說再也不會到那個地方去，沒想到這才一個月，自己就再次到了這個地方，不同的是上次是面試，而這次是合作。

劉嘯想起了上次那個面試官的最後一句話「希望我們今後有合作的機會！」，還真讓那廝給不幸言中了，想想上次從銀豐大廈出來的憤恨，劉嘯都沒想到自己也能這麼地大度，不由露出一個奇怪的笑容。

「你笑什麼？」張小花發現劉嘯的笑容，起了興趣：「快，說說，心裏想什麼好事呢？」

劉嘯搖了搖頭，「哪有什麼好事！我是想起了一件糗事。」

「快說！快說！」張小花十分好奇，拽著劉嘯不鬆手。

劉嘯撓了撓頭，有些不好意思，「我一個月前去銀豐應徵，結果被人家給刷了下來！」

「呃？」張小花先是沒反應過來，等回過味來，就一臉的誇張，「真的假的？」

劉嘯點了點頭。

「哈哈，笑死我了！」

張小花捂著肚子大笑，跌到一旁的床上怎麼也爬不起來，好半天才起來，笑著對劉嘯道：

「最好明天和你談判的就是上次的面試官，一見面就把他鎮翻，等他還沒回過神來，你就借題發揮，把他們的價錢往死裏壓，給我們家省點錢，唔，順便你也出一口惡氣，」

張小花說到這裏，再次笑得爬不起來，「我老爸真是英明，竟然找了你，真是那個新仇舊恨啊……。哈哈，不行，笑死我了。」

劉嘯過去在張小花腦袋敲了個爆栗，「什麼新仇舊恨啊，我們這次只是意見交流，還沒到談判的時候呢。」

張小花摸著腦袋站了起來，繼續逗著劉嘯。

「我明天要跟你去，一到那兒我就問『那個上次面試我們劉經理的人呢？去把他叫來，我們只跟他談！』然後你就開始發飆。」

「飆你個頭！」劉嘯再次敲了張小花一個爆栗，「趕緊睡吧，小心明天逛街沒力氣！」說完劉嘯就朝門口走去，「我就在隔壁，有什麼事喊我！」

第二天早上吃完早飯，劉嘯看看時間差不多了，就對張小花道：「一會兒我去銀豐，你自己去逛街，有什麼事就給我打電話！」

「我也跟你去吧！」張小花揉著肚子，「吃太撐了，逛不動了。我去看看你的仇人，回去也好跟我老爸交代。」

劉嘯笑道：「那你海城大掃蕩的購物計畫呢？」

張小花擺了擺手，「沒意思，比起看熱鬧，逛街就太沒意思了！」

劉嘯站了起來，「那好，時間也快到了，你在大廳等我，我上去拿了資料，咱們就過去。」

酒店距離銀豐就幾步路，兩人直接穿過馬路，慢慢溜達了過去，剛好消化消化剛才的食物。

張小花一路上打趣著劉嘯，說要給劉嘯報仇，兩人說說笑笑就到了銀豐大廈的樓下，就站在那裏，抬頭看著銀豐大廈。

劉嘯搖了搖頭，「不行，比起咱們的春生大酒店，這樓就沒法看了。」

張小花也是搖著腦袋，「唉，有人連這破地方都進不去啊！」

劉嘯苦笑，自己也不知道哪根筋搭錯了，把這糗事告訴了張小花，這丫頭可算是逮住了，從昨天到今天總是句句不離這事。

劉嘯推了張小花一把，「得，別看了，進去吧！記得給我報仇啊！」

兩人還沒邁步，一輛賓士無聲無息地從兩人身前穿過，張小花差點就和那車撞在了一起，幸好被眼疾手快的劉嘯拉住了。

張小花驚魂方定，就要發飆，怒火沖天地朝著那車走了過去，剛走兩步，就停了下來，臉色陰沉至極，那賓士車掛著的是封明市的牌子，看來張小花是認識車主。

車子停穩，就見一人跳了下來，朝張小花走了過來，陰陽怪調地說道：

「哎呀，不好意思，不好意思，沒撞到張小姐吧。」

那人竟是廖成凱。

第十章　擺渡攻擊

一旁的張小花此時突然冒出一句，「如果駭客採用擺渡攻擊，你們要怎麼防範？」

那許總監此時的表情倒像是不知江湖上何時竟冒出這麼一個新事物一般，他轉頭問著自己的手下：「你們聽說過這個擺渡攻擊嗎？」

劉嘯幾步走上前去，站到張小花的身邊，「你小子出門開車不帶眼睛啊！故意找揍的吧？」

劉嘯本就看不慣廖成凱，現在又看這小子故意拿車嚇人，真是火冒三丈，要是依著他在學校的脾氣，估計早已經開揍了，現在也只能占占嘴上便宜。

廖成凱一向以「紳士」自居，周圍接觸的人也都是一群道貌岸然的「君子」，劉嘯這猛一開炮，倒把這小子嚇了一跳，再看劉嘯此時一副悍相，大概是把劉嘯當作了張小花的保鏢，便忙不迭地說道：

「對不起，對不起，司機一著急就沒注意，讓張小姐受驚了，回頭我擺宴給張小姐壓驚。」

廖成凱說著，就回頭大喊，「你給我過來，怎麼開車的，還不快給張小姐道歉！」

這小子倒推得快，把所有的責任都推到了司機身上。

張小花冷冷看了廖成凱一眼，對劉嘯道：「我們走！」轉身朝銀豐的大門而去。

路過廖成凱身邊的時候，劉嘯鼻孔冷哼一聲，他很瞧不起這個傢伙。

著。

「張小姐，回去我一定親自登門致歉啊！」廖成凱衝著張小花的背影喊

剛到銀豐門口，銀豐的人就迎了出來，「如果我沒有看錯，這位一定就是張氏企業的掌門千金張大小姐吧？歡迎歡迎，真是蓬華生輝啊！」

此人看來是沒少花心思，居然連張小花也認了出來。

待看見張小花身後不遠的廖成凱，那人再次露出笑容，迎了出去，「廖總，廖總，歡迎你啊！」

劉嘯回頭一看，見廖成凱的車裏又走出一人，面色冷峻，朝這邊慢慢走了過來。

劉嘯側頭對張小花道：「後面那個就是邪劍了！真是倒楣，銀豐的人沒說廖氏今天也要來啊！」

張小花牙齒咬得咯咯響，「遲早收拾了他們！」

銀豐出來接待的人真是有意思，居然還把廖成凱拉了過來，「來，我給張小姐介紹一下，這位是廖氏企業的廖總，廖總真是年輕有為啊。廖總，這位張小姐是……」

「我們是故交，老朋友了，你就不必再介紹了！」廖成凱也覺得那人有

點煩，就打斷了他的話。

那人一拍腦門，「你看我這糊塗的，兩位都是封明市的青年才俊，自然都是認識的。」

等後面的邪劍走了上來，那人又迎了上去，「這位想必就是邪劍張先生吧，真是幸會，在程式界，我還是你的晚輩呢！」

邪劍並不搭話，只是微微點了下頭，就算是打過招呼了，讓銀豐那人伸在半空的手凍在了那裏。

劉嘯覺得好笑，就側頭在張小花耳邊低語：「邪劍當年也是被銀豐掃地出門的！苦大仇深吶！」

張小花不知道這事，也有些意外，心想也是一陣好笑，原來今天來報仇的還不止劉嘯一個啊。

銀豐那人趕緊轉過身來，也不生氣，「以後有機會我一定要去封明市去看看，要知道，就算是在海城這樣的大城市，敢像你們兩家這樣大搞企業資訊化建設的企業也是不多見的，封明市企業家的這種開創精神真是讓人欽佩不已。為此，我們的老總今天派出了我們銀豐最有實力、最有經驗的團隊，這一點您們儘管放心。來，裏面請。」

此話倒是不假，銀豐以前基本是為政府和一些事業單位設計辦公系統軟體的，在這個領域，銀豐起步得早，又沒有什麼競爭對手，可謂是一家獨大，但近幾年隨著政府政務的公開化，和競爭對手的不斷湧現，銀豐想要拿下這種單子已經不像以前那麼容易了，銀豐必須尋找一個新的利益點。

像封明市這樣的小城市，多數的企業家都和張春生差不多，泥腿子出身，你要他們買電腦可以，但讓他們搞正規的企業管理系統，就有點難了，銀豐在短暫的試探之後就放棄了這個市場。

這次張廖兩家同時甩出大手筆，讓銀豐突然意識到，以前自己對這個市場的判斷可能出了問題，或許時隔多年，這個市場已經變得成熟了，他們決定抓住這個契機，迅速在這個市場裏豎立銀豐的品牌。

眾人進到大廳，那人道：

「廖氏的合作，我們安排在了一號會議室；張氏的合作，我們安排在了二號會議室，請……」

「為什麼我們張氏先來，卻要安排在二號會議室！」張小花終於逮著了發飆的機會。

劉嘯嚇了一跳，急忙在她背後扯了一下，「姑奶奶，你不會真的是來為

我報仇的吧？大事要緊，大事要緊！」

沒想到那邊廖成凱卻發了話，「既然張小姐喜歡一號，那我們就換一換好了。我倒覺得二比一好，雙數，好事成雙嘛！」

「禍不單行！」張小花嘴倒快，想也不想，就冒出這個詞來。

銀豐那人見廖氏願意換會議室，正要感激呢，但張小花後面這話把他難住了，他也不敢把廖氏安排到二號了，這不是明擺著咒廖氏嘛，心裏不禁把張廖兩家都罵了一遍，心想這小地方的人就是毛病多，窮講究。

好在他夠機靈，馬上道：「生意場上嘛，有時候就是忌諱多一點，這樣吧，我們的三號會議室剛好也空著，要不？」

那人求助似的看著廖成凱。

「我們走！」廖成凱恨恨地說了一句，銀豐的人趕緊帶他們去了三號會議室。

張小花衝著廖氏眾人背後又吐舌頭又做鬼臉。

劉嘯大汗，心想這爭強鬥勝原來也能遺傳，張廖兩家的兩個老頭子本來就鬧得很厲害了，沒想到他們的接班人也不遑多讓，連個會議室都要爭上半天，真是青出於藍而勝於藍，還浪費了自己半天的感情，以為張小花是為了自己發飆呢。

銀豐的人領著二人往一號會議室走去，路上，劉嘯不忘叮囑張小花，「一會兒可不要再發飆了，正事要緊！」

話剛說完，會議室門被打開了，劉嘯傻在了門外。

張小花有些納悶，「怎麼了？」

「靠，今天是出門不利啊！」劉嘯在張小花耳邊低聲說道：「那個面試我的人，就在裏面。」

不止如此，上次那位熱情指點劉嘯簡歷的「大哥」也在裏面坐著。

張小花是使勁憋住了笑才走進會議室的，張氏企業的兩位超級年輕的代表讓銀豐的人有點吃驚。

劉嘯顯然是太多慮了，上次的那位面試官「貴人多忘事」，早已把劉嘯忘了個一乾二淨，看二人進來，急忙站起身迎了過來。

「歡迎，歡迎，鄙人是銀豐的副總監，也是這個團隊的負責人，我姓許。大家歡迎一下我們的貴客。」

會議室其他人就熱情鼓掌，只有上次的那位大哥有點遲疑，他對劉嘯還

有點印象，只是一時半會兒想不起來在哪裡見過。

許總監很熱情，「來，我給兩位貴客介紹一下我們團隊的情況。」

許總監大手一指，介紹的第一位，便是劉嘯認識的那大哥，「這是我們團隊的核心，ＥＲＰ項目經理董飛，董經理是我們銀豐的老人了，工作多年，經驗豐富，曾做過不少的大項目……」

劉嘯趕緊打斷了許總監的話，心說這還真是滿嘴放狗屁，什麼工作多年，老子一個月前還和他一起應聘來著，伸出手，笑道：

「董經理，我們認識啊！你忘了？我是封明市的。」

董經理腦袋上的汗「刷刷」往外冒，他終於想起劉嘯是誰了，心裏頓時一涼，感覺要完蛋了，這次許總監的牛皮可是吹破了，你說什麼不好，非要說經驗豐富，自己給對方傳授的經驗，無非就是怎樣塗改簡歷。

董經理手心全是汗，道：「幸會幸會，沒想到這麼快又見面了。」

許總監不知道是怎麼回事，心下還一陣大喜，「哦？原來兩位是熟人啊，太好了，太好了，這真是緣分吶，看來我們兩家的合作將是天作之合，這就叫做『有緣千里來相會』，哈哈哈……」

劉嘯笑笑，他很想給許總監再加一句話，「不是冤家不聚頭！」

許總監這邊笑得跟彌勒佛似的，董經理那邊只好拿著手帕擦汗，嘴裏一個勁地道：「有緣！有緣！」

張小花有些納悶，等坐了下來，就湊到劉嘯耳邊，「你怎麼只說這裏有你的仇人，沒說你還有熟人啊！」

劉嘯側頭低語，「熟，相當熟，上個月，我還和那位在銀豐工作了多年的老人董經理，一起來銀豐應聘呢！」

「噗～」張小花立時笑噴出來，她可沒劉嘯那麼好的涵養，終於忍不住笑了出來。

會議室的人目光齊刷刷看了過來，張小花只好強忍著笑，「我……我就是覺得那個……，有緣！有緣！」

說完張小花愈發覺得可笑，把筆往地上一扔，鑽下去捂著嘴憋笑。

劉嘯踢了下面的張小花一腳，站了起來。

「我先把我們張氏企業目前的情況大概給各位介紹一下，具體的資料一會兒發到大家的手上，我希望各位都能拿出自己最強的實力來，只要銀豐提出的方案符合我們張氏的要求，我們沒有理由不選擇銀豐，畢竟銀豐是國內的NO.1嘛。」

許總監連連頷首，「我們一定會傾盡全力的。」

劉嘯也毫不避諱，把張氏企業目前的狀況都說了一遍，包括張氏之前根本沒有電腦的事情也提了一下，然後他提出了對這個將要建設的企業決策系統的要求：

一，必須能適應未來企業發展趨勢的要求，具有先進的決策輔助功能和風險預估能力；

二，系統要將企業的業務和事物系統合二為一，最大程度優化企業資源配置；

三，系統操作必須簡單、人性化，所有業務環節的操作，必須控制在十五秒之內完成；

四，系統的每個操作環節，必須有備用解決方案，防範因操作故障引起軟體癱瘓；

五，系統資訊分級加密，建立一套嚴格的許可權驗證體系，根據許可權配置資訊；

六，必須有完成的系統設計文本、說明，竣工後要交出所有程式源代碼。

劉嘯說完最後一條，就見銀豐那邊有些騷動，他提出的這些要求，前五條說空泛也空泛，說具體也具體，要實現這幾點，可以說是很容易的，但是要真正做好，那就很難了，這就要靠銀豐自己的實力了。只有最後一條很具體，但卻是銀豐最難接受的一條。

許總監打了個哈哈，「我們銀豐做的軟體，只要軟體還在運行，我們就會有終生的維護服務，張氏企業並不涉及軟體領域，即便是拿到程式源代碼，一旦程式出現問題，還是要依靠我們來維護，我看這條……」

劉嘯打斷了他的話，「我們支付的資金裏，會包括購買軟體版權的費用，我們張氏要做的就是獨一無二。今後一旦發現有任何企業的系統和我們相仿或者類似，我們會追究軟體設計者的責任。」

許總監有些為難，劉嘯的話很明確，張氏要的是系統的全部版權，這個一旦被張氏拿到，也就意味著銀豐在今後的軟體設計中，不能使用或存在和此次系統相同的介面、功能、程式演算法、系統結構，這樣銀豐就很被動了。

因為開發一個大型軟體是一個非常耗時耗力的過程，很多軟體企業為了縮短自己的開發週期，很多時候都是換湯不換藥、新瓶裏裝陳酒，如果兩個

企業業務相近、要求類似，那麼很可能就會把給第一家設計的系統，換個介面就賣給了第二家。

劉嘯之所以提出這條要求，是因為今天在這裏看到了廖成凱。原因很簡單，張春生的目標是完全壓過廖氏，現在廖氏也找到了銀豐，很有可能兩家的系統都是由銀豐來做，如果到最後銀豐給兩家拿出來的東西根本就是個李逵跟李鬼，那還比個屁啊。

還有一點，如果企業拿到軟體的版權，接收了程式源代碼，今後軟體的後續開發就要方便很多，而且可以防止軟體企業在程式中添加後門。

銀豐的人沒有答覆，都看著許總監。

「還有一個問題，就是資訊的安全問題！」

劉嘯不得不談這點，其他方面他也只是懂個原則，安全方面才是他的專長。

「我們這次的企業決策系統，是要配合著企業資訊安全來搞的，我們的系統最後是要和一系列安全措施配套的，我希望貴方能夠拿出一個絕對安全的解決方案。」

「這個倒是沒有問題！」許總監似乎是找到了切入點，「我們銀豐有著非常專業的安全團隊，可以為貴方提供一個萬無一失的方案，解決包括硬體軟體在內的所有方面的安全問題。我可以大膽說一句，我們銀豐設計的系統，絕對是安全係數最高的系統。」

劉嘯有些詫異，看那傢伙說得底氣十足，難道銀豐方面是有高人壓陣不成？

劉嘯不禁起了興趣，問道：「不知道你們這個安全團隊的負責人今天有沒有到場？」

許總監乾笑兩聲，「正是鄙人！」嘴上謙虛著，臉上卻滿是得意。

「那許總監能不能談一下具體的東西，我們張氏對於安全問題十分重視！」

劉嘯想探一探對方的深淺，他對於這傢伙把自己刷掉，心裏還是有些芥蒂，如果是被比自己強的人刷掉，那劉嘯也就認了，但如果是被一個不如自己的人刷掉，劉嘯不鬱悶死才怪。

「企業資訊被竊被洩，無非就是幾種情況，簡單來說，可以分為內外兩種。內呢，就是企業內部員工洩密，這方面，剛才你也說了，我們要做好資訊分級，機密資訊接觸的人越少，洩露的機會就越少。至於外，無非就是駭客間諜通過網路手段來竊取，但萬變不離其宗，駭客的手段也就那麼幾種，我們對此都有專門的解決方案，保證萬無一失。」

許總監說的很輕鬆，也很籠統，不過話裏倒沒有什麼錯誤，劉嘯也挑不出什麼刺來。

一旁的張小花此時突然冒出一句，「如果駭客採用擺渡攻擊，你們要怎麼防範？」

那張小花在一旁悶了好久，劉嘯他們說的話，她根本就聽不懂，更不敢貿然插話，本以為自己今天只能做個啞巴了，卻突然聽到「駭客手段」四個字，就別提她心裏有多興奮了。

這個她知道，半月前劉嘯剛給張春生說過，她簡直太有印象了，於是，這個唯一冒充內行的機會就被她逮住了。

「哦？擺渡攻擊……」

那許總監此時的表情倒像是已經金盆洗手多年，孰不知江湖上何時竟冒出這麼一個新事物一般，他轉頭問著自己的手下：

「你們聽說過這個擺渡攻擊嗎？」

劉嘯當即吐血，這就是他媽的萬無一失啊?!

而張小花的反應不同，她很得意，一出手就放翻了對方的BOSS，簡直就是小李飛刀、例不虛發。

她激動地在下面戳了戳劉嘯，那表情就像是在說，「小子，我幫你報仇了，快感謝我吧！」

劉嘯怎能笑得出來，他嘆了口氣，合上面前的文件夾，道：「我看我們今天的溝通就到這兒吧，我這個人不會說假話，我對貴方安全方面的實力很不看好。張氏把這麼大的一個項目交給我，我必須對這個項目負責，和貴方合作的事情，我需要重新考慮一下。就這樣吧！」

劉嘯站了起來，示意張小花可以走了。

那許總監目瞪口呆，他覺得很莫名其妙，難道自己說錯了什麼話嗎，不過看劉嘯已經起身往門外走，並不像是在開玩笑。許總監不想放棄，急忙叫道：「董……董飛，你快去送一送。」

許總監也起身追在劉嘯的身後，「我們雙方之間只是初步的一個意見交流，我看一定有很多問題沒有溝通清楚，這樣行不行，我們馬上根據貴方的要求拿出一個方案，等看完方案，我們再談合作的事情。」

對方都這麼說了，劉嘯也不好直接拒絕，含糊道：「回頭再聯繫吧！」

董飛只好硬著頭皮跟在劉嘯和張小花的後面，張小花還是抑制不住地興奮，不停地戳著劉嘯的後背，但礙於董飛在一旁，不好說話。

等三人來到樓下的大廳，就看見廖成凱、邪劍他們從另外一邊也走了下來，後面有一個人緊張地跟著。劉嘯一看，便知道廖氏和銀豐也沒有談出什麼成果來。

「張小姐，請慢幾步說話！」廖成凱緊走幾步，叫住了張小花。

張小花「哼」了一聲，站住了，但是沒有搭話。

「張小姐一定還是在生我的氣！」廖成凱打了個哈哈，道：「怎麼樣？和銀豐的合作定下來沒？」

張小花反問，「你呢？定下來沒有？」

廖成凱笑了幾聲，「銀豐倒是拿出了一個方案，不過在我們高手邪劍的面前根本無法過關，他們現在準備再搞一套新的方案。唉，可以說這次海城之行是一無所獲啊！」

廖成凱嘆了口氣，他身後銀豐那人開始不斷擦汗。

「你們廖氏都看不上的，我們張氏又怎麼會看上！」張小花把頭一揚，趾高氣揚地就準備離開。

「請留步！」這次開口的，卻是從未發言的邪劍，他走上前來，「敢問貴方對銀豐的哪點不滿意？」

劉嘯本想拉住張小花的，沒想到張小花嘴快到他來不及阻止，「連擺渡攻擊都不知道，我們怎麼會放心把項目交給他們做！」

邪劍那一直看似昏昏沉沉的眼睛頓時亮了起來，掃了一眼張小花，然後把目光落在了劉嘯的身上。

他有一種直覺，眼前的這個小夥子絕不像他的外表那麼簡單稚嫩。一個連軟體公司安全負責人都不知道的擺渡攻擊，這個年輕人又怎麼會知道，邪劍在思索著這個年輕人的來歷。

劉嘯避開邪劍的目光，扯了扯張小花，「我們走！」

看張小花和劉嘯已經走出大廈，廖成凱才問道：「你問出什麼沒有？」

邪劍嘴角突然露出一絲冷笑，「有趣，張氏居然也請到了一個駭客高手！」

「哦？」廖成凱又看了看兩人的背影，難道邪劍說的駭客高手會是那個小子？怎麼自己倒覺得他是保鏢呢。

廖成凱搖了搖頭，笑道：「這還真是有意思，兩位駭客竟然要在兩個企業的決策系統上分出個勝負。這老張頭還真是一根筋吶，幹什麼事都不願意落在我們廖氏的後面。」

邪劍再次回復到之前的冷漠狀態，縮著身子就要走出大廈，剛走兩步，他突然想起了什麼，抬頭再去找劉嘯的身影，卻發現早已沒影了，整個人站在了那裏。

廖成凱有些奇怪，「怎麼了？」

邪劍微微皺眉，「我想，那個小夥子或許就是反入侵你電腦的人！」

廖成凱吃了一驚。

「放心吧，我才是最好的駭客！」邪劍冷哼一聲，走出大廈。

雖然他還不知道劉嘯到底是何方神聖，但他有自信，不管是駭客還是企業決策系統，自己都不會輸給一個剛出道的毛頭小子。

第十一章 掌門千金

張小花慢條斯理地道：「我看這樣吧，你們再搞一個方案，一定要超過給廖氏的，這樣可以吧？」

「太好了！」許總監激動得在椅子上直打顫，心裏感覺太舒服了，人家不愧是張氏的掌門千金，說話就是中聽。

「劉嘯，你看什麼呢？」張小花跑進劉嘯的房間，看劉嘯在電腦前皺眉看東西，就好奇地湊了過來。

剛到跟前，就聽她大喊一聲「我的眼睛！」然後扭頭捂著眼睛，極為痛苦地往後退。

劉嘯大驚，連忙起身跟過去，「眼睛怎麼了？」

「被你的英文字給刺到啦！」張小花扭過頭，深仇大恨地看著電腦，「你看什麼資料不好，非看全是英文的，也不打聲招呼，害我差點中招。」

「切！」劉嘯虛驚一場，哭笑不得，心想你自己英文水準不行，倒還埋怨起我來了。回過頭又坐在電腦面前。

劉嘯道：「你少跟我搗亂啊！」

張小花心情很好，轉身往床上一倒，「明天還去談判嗎？不談判的話，陪我去逛街吧。」

「我倒是想去，可是沒空啊！」劉嘯嘆了口氣，指著自己的頭，「你沒看我這頭髮都愁白了好幾根嗎？」

「有什麼好愁的？那銀豐的人不是說很快就能拿出一個方案嗎？」張小花有點不理解。

「還是不要對他們抱太大的希望，看他們那誇誇其談的辦事作風，就很難讓我相信他們的實力，我們還是看看再說吧！」劉嘯回頭繼續看著電腦上的資料。

張小花見劉嘯不答應，便有些無聊，她喜歡逛街，但是不喜歡一個人逛街，起身再次湊到劉嘯的背後，「喂，你看的這是什麼啊？」

「這是跨國公司SNIDE當年的企業網路改造設計方案，我看有沒有什麼能參考的！」

張小花瞄了一眼，看不懂，問道：「你說廖氏會不會和銀豐合作？」

劉嘯搖搖頭，「我看也難！廖氏今天到銀豐，就是來審驗銀豐拿出來的方案，最後的結果卻是銀豐重新做一份方案，這就說明銀豐今天拿出來的方案，在邪劍眼裏根本就是一無是處。要麼就是銀豐沒有傾盡全力，要麼就是銀豐根本沒有實力，根據今天我們這邊的情況來看，我估計很有可能是銀豐根本做不了這麼大的項目。」

「那咱們怎麼辦？」張小花抓了抓頭，「再換一家？」

「我頭疼的就是這個，國內實力最強的就是銀豐了，如果他們都做不了，我們再找其他的公司八成也是一樣的結果。」

張小花有些洩氣，道：「那要怎麼辦啊？」

劉嘯笑了笑，「車到山前必有路，我們張氏又不是第一家搞這個系統的，前面畢竟還是成功了很多家，他們的系統也是人做出來的嘛。實在不行，我們就聘請國際知名的大公司來做，不過，這也只是備案，一是費用太高，二是舶來品不一定能適應我們的辦事風格。」

張小花白天還覺得考倒了銀豐是個很痛快的事情，現在聽劉嘯這麼一分析，就開始頭疼了，「唉，那我們這系統要做到何年何月啊！」

「不會太久的！」劉嘯咬了咬嘴唇，面色沉毅，「我現在正在大量地搜集和學習那些已經成功了的公司的改造方案，實在不行，我們就自己來設計方案，然後委託給軟體公司來編寫具體的程式。」

「這倒也是個辦法！」張小花嘆了口氣。

「我準備把軟體的功能部分和安全部分徹底分拆，功能部分交給銀豐這樣的軟體公司來做，如果他們連這個也做不好，那就不如趁早關門算了。安全部分，我準備交給專業的安全公司去設計，整個系統涉及的硬體以及操作環節太多，我雖然對安全在行，但不可能面面俱到，還是交給安全公司做比較穩妥點。」

「那你還愁什麼啊！」張小花拍著劉嘯的肩，「你這不是已經有解決方案了嘛！」

「正因為這個才愁啊！」劉嘯苦著個臉，「首先，我得把設計方案搞出來吧，我以前根本沒做過，一點經驗都沒有，所以我才忙著去看別人是怎麼做，等看懂了、學會了，才能根據咱們張氏的特點，量身訂做一個設計方案；再有，就是我現在的這個想法，把功能和安全分拆是很容易的，但要讓拆開的東西日後合在一起不出一點故障就很難了，如何做好這個協調和通用介面，也很費力。」

張小花抓著頭，「真麻煩！」

「做什麼事情不麻煩呀？」劉嘯呵呵笑著，「好在頭疼的不止我一個，我估計邪劍此刻比我還頭疼。」

張小花沒說話，悶悶坐在劉嘯背後看著。

劉嘯看她不說話，以為她有什麼想法呢，道：

「別想了，趕緊去睡吧。不管願意不願意，我都已經把這事攬過來了，不管有多麻煩，我都會盡全力做好的。」

「要是我當初不鬧你就好了！」張小花突然嘆道。

「現在也不晚啊！」劉嘯一樂，趕緊對張小花說道：「張氏到目前為止還沒有任何實際性的投資進來，只要你勸你老爹放棄和廖氏的爭鬥，那現在所有的問題都能迎刃而解，而且還不會有任何的損失。」

張小花忙不迭地站起來，「當我沒說啊！」一邊往門口溜去，嘴裏連連喊著：「我累了，去睡覺了，你繼續啊！」

「我是認真的！」劉嘯衝門口大喊。

「我剛才說的是夢話！」張小花的聲音傳了進來。

劉嘯笑了笑，罵道：「死丫頭，還不是捨不得你的車子和零用錢！」搖搖頭，劉嘯靜下心來，重新開始研究自己的資料。

第二天一大早，董飛來到酒店，按照海城的習慣，他要請劉嘯和張小花去喝早茶，看來那許總監還真把董飛當作了劉嘯的老熟人。

劉嘯要去軟盟諮詢安全方面的事情，張小花要去逛街，兩人都很客氣地拒絕了董飛的盛情邀請。董飛本來也就沒有抱多大的希望，客氣了幾句也就放棄了。

已經是第二次去軟盟了，但劉嘯還是怕摸不到地方，找到上次軟盟那人給的名片裝好，然後就搭車前往，昨天他從銀豐出來後，就已經聯繫好今天去軟盟諮詢安全方面的事情。

軟盟的櫃臺接待小姐記憶力真好，竟然一眼就認出了劉嘯，笑道：「你……你不是上次那個面試找不到地方的？呵呵，怎麼？你今天是來報到的？」

劉嘯使勁拽了拽領帶，一副臭屁樣，「你看我今天帥嗎？」

「帥！」接待小姐笑著，「不過，很快就會跟他們一樣不帥了！」

「我這麼帥，你都能把我認出來？」劉嘯連連嘆氣，「真是失敗啊，害我打扮了好半天，生怕被你認出來。」

接待小姐給逗得花枝亂顫，「你小子不要貧嘴了，趕緊去人力部報到吧！」

劉嘯不動身形，從口袋裏掏出名片，鄭重其事地遞了過去。

「美女，重新認識一下吧，我是張氏企業網路事業部的經理，我叫劉嘯，初次見面，請多關照！」

那接待小姐以為劉嘯是在唬自己，伸出手就要去拍劉嘯，「你小子還真能唬人，看我不……」

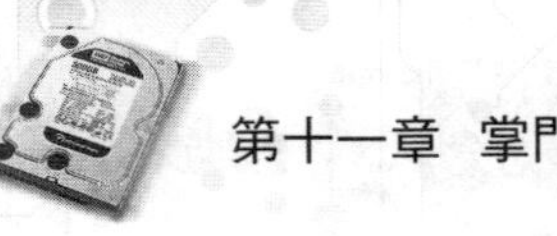

等看清名片，「呀」了一聲，趕緊把手收回去，吐了吐舌頭，「你真是張氏企業的經理？」

劉嘯呵呵笑著，「難道不像？」

接待小姐趕緊正了正形色，「不好意思，不好意思，我以為你是來……，對了，你的諮詢我們已經安排好了，請隨我來。」

劉嘯笑呵呵地跟在接待小姐身後，壓低了聲音道：「你別緊張，其實，我是個臥底！」

接待小姐忍不住笑了出來，不過這次她很聰明，沒有搭話，把劉嘯領到了會議室，道：「你在這稍等，我去通知我們主管。」

軟盟的人很快就來了，劉嘯很意外，進來的也是上次面試自己的那個人，劉嘯有他的名片，知道他叫藍勝華，是軟盟的技術副總監，於是站了起來，道：

「藍總監，你好！」

「你……你不是那個……」藍勝華也有些意外，腦子有點亂，但是不敢亂認人，趕緊伸出手，「你好！」

「我是劉嘯，藍總監沒有認錯，上個月我來面試過，是還沒來報到的新員工！」

藍勝華更疑惑了，「那你這是？」

劉嘯雙手一攤，有些無奈地道：

「沒辦法，我這算是幫朋友一個忙吧，說不定忙完這項目，我還會來軟盟上班呢。」

藍勝華也不便細問，便笑道：

「隨時歡迎。其實說開了，只要幹得高興，在哪兒上班都一樣的。你跟軟盟只是一面之緣，但能回過頭來想到我們，那也是對我們的一種信任，就衝這份信任，張氏的案子我們肯定是要竭盡所能的。」

劉嘯笑了笑，「我今天只是來諮詢一下，至於最後是不是選擇和軟盟合作，那還得和上面商議之後才能定案，不過，我本人是非常願意和軟盟合作的，上次軟盟給我留下了很深的印象。」

「見笑見笑！」藍勝華笑了笑，「那就說說你們的情況和要求吧，只要是我知道的，絕對知無不言，言無不盡。」

劉嘯之所以說是來諮詢，一來是想看一看自己那個將系統分拆後進行招標的想法到底可不可行，二來，他對於這個系統還沒有一個具體的設計規劃，他想看看軟盟這邊最大限度能提供出一個多麼可靠的安全方案，這樣自己搞起設計也好有一些範圍。

當下劉嘯就把昨天在銀豐說的那些又重新說了一遍，之後，他提出了自己想把系統分拆後進行處理的想法。

「將系統分拆後進行設計，這完全沒有問題，我們軟盟之前也曾做過這樣的項目。只不過我們的主要業務並不是軟體編寫，所以很多時候，我們只選擇為客戶提供安全方案，以及一些硬體的安裝和軟體保障服務，並不參與具體的程式編寫。但是如果你們真的決定要進行分拆設計，只要統一標準、預留介面，我想我們也是可以辦到的，軟盟在程式方面的技術儲備是很充足的。」

藍勝華聽完後就拍了胸脯，不過，他接著說道：

「但是，我們需要一個完整可靠的系統功能設計說明，你也知道，這樣分拆進行處理，最大的弊端就是不好協調，一旦一方有改動，另外一方可能就要推倒重新來做；即便是雙方完全按照設計要去做下來，可能到最後一運行，系統還會出現各種各樣的問題，或者根本無法運行，那時候又得去逐行檢查代碼，去修改，然後再反覆地測試，這樣太耗時耗力了。」

劉嘯點了點頭，他也很明白這點，他曾想著排出個主次，讓安全先做，或者讓功能先做，等一方完全做好，另一方再開始做，但後來仔細一想，這樣更容易出問題，一旦一方做死，等另外一方做的時候才發現問題，那就不是修改的問題，而是重新來過了。

「所以，我建議你能再考慮考慮，能不分拆那就儘量不要分拆，在這個基礎上，我們軟盟是非常願意合作的，我們會給軟體設計方提供一個非常安全的方案，並負責全程的安全指導、安全測試。」

藍勝華看著劉嘯，他已經表明了軟盟的態度，都能做，但是他們傾向於不分拆，他現在等的是劉嘯的最後態度。

從軟盟出來時，劉嘯反而變得迷茫了，軟盟提供的安全方案本身並沒有什麼大的毛病，他們的安全水準是跟世界保持同步的，只要要求不是太變態，他們都能做。

只是劉嘯自己現在有些拿不定主意，他無法確定自己是不是要將項目分拆，他擔心以銀豐的實力，即便是軟盟給出了安全方案，銀豐也很可能無法把這個安全方案實現程式化，所以他想分拆，但他對分拆後的後果顯然有些預估不足，今天和藍勝華一番交流，他又覺得分拆的想法太過於冒險。

張春生做了個甩手掌櫃，把這攤子事完全交給了劉嘯，而劉嘯在這方面一沒有經驗，二沒有人能給他參謀，他是個徹徹底底的新手，新手做項目最難的往往不是項目本身，而是不知道該如何走第一步。

「唉，到底拆不拆呢？」劉嘯又鬱悶了。

張小花走進酒店的時候是空著手的，在她背後，酒店卻派了三個服務生才把她買的那些東西給搬了進來。

張小花捏著酸痛的肩膀，準備上樓，卻看見劉嘯坐在大廳的沙發上無聊地投硬幣，便讓服務生把東西搬去房間，自己坐倒在劉嘯對面的沙發上。

「喂，幹啥呢？」

劉嘯「啪」地一聲，把掉落的硬幣拍在了手中，然後右手抬起往裏一看，抱怨連連道：「你不是玩我吧，這一下正一下反的，投了半天都沒投出個結果來。」

張小花一聽樂了，起身擠到劉嘯的沙發裏，「快，說說，你想問什麼，我幫你啊。」說完就把劉嘯的硬幣搶走了。

「你平時有沒有遇到一些無法抉擇的事情？」劉嘯問。

「有啊！」張小花一邊扔著硬幣，一邊說道：「我剛才看見兩個包包，都挺好看的，比較了半天，不知道買哪個比較好。」

「那你最後是怎麼決定的？」

「我就把兩個都買回來了！」張小花繼續扔著硬幣。

劉嘯口水差點噴了出來，在張小花的腦袋敲了個爆栗，把拋在空中的硬幣抄走，「我就知道問你肯定也是白問。」

張小花摸著頭，很不爽地看著劉嘯，嘟囔道：「你自己不能抉擇，難道還要怪我？」

劉嘯嘴一癟，這倒也是，把硬幣揣回兜裏，嘆了口氣，「我這抉擇只能二選一，要是能多選，我還愁啥呀。」

「到底抉擇什麼啊？」張小花有些好奇，「說說看，我給你參謀參謀。」

「還不是系統項目的事，我昨天不是說準備把項目拆開來嗎，今天我去軟盟諮詢了一下，他們基本上是不做分拆的，雖然勉強做的話也能做，但這樣讓我有些不放心，我覺得雖然分拆可以兩面俱到，但綜合風險更大，而且

我不知道自己能不能把這系統分拆好，所以現在有些難以抉擇，不曉得這個系統到底該怎麼搞！」劉嘯的臉色有些沉重。

「那著什麼急啊！」張小花一副無所謂的樣子，「實在不行就等廖氏，看他們怎麼搞，我們就怎麼搞。」

「你傻子啊！」劉嘯瞪了一眼張小花，「那你老爹不把我抽死，他就是嫌自己老盯著廖氏的腳後跟，才把我找了來，要是我再去盯廖氏的腳後跟……」

劉嘯說到這裏突然住嘴，道：「不錯，不錯，這倒也是個不錯的方法，你老爹說不定就會因此把我炒了。」

「你想得美！」張小花站了起來，「他就是把我炒了，也不會炒你的，你還是老老實實地抉你的擇吧！」張小花擺了擺手，「不行，我快累死了，先回去休息了，吃晚飯的時候叫我。」

劉嘯看著張小花的背影，嘴裏喃喃道：「盯腳後跟，唔，盯腳後跟……」

吃晚飯的時候，張小花突然發現劉嘯已經不煩悶了，很是好奇，「你硬幣投出結果了？」

劉嘯沒回答張小花的問題，反問道：「你那海城大掃蕩的計畫進行得如何了？」

「差不多了吧！」張小花撇了撇嘴，「你問這個幹什麼？」

「那就好，收拾收拾，我們明天下午就回封明市！」

張小花很詫異，「項目的事你有主意了？」

「嗯，有了！」劉嘯長出一口氣，道：「回去後我們就開始動手。」

「你真要自己去分拆？」張小花看著劉嘯，「你不是說這樣做風險很大的嗎？」

劉嘯陰陰一笑，「咱們就盯著廖氏的腳後跟走，風險他們扛，好處咱們拿，嘿嘿！」

張小花還是不明白，再追問，劉嘯卻是什麼也不說了，只是一句話：「明天上午你再去趟銀豐，照我說的去做，下午我們就回封明市，等回去我再給你解釋。」

「那你幹什麼去啊？」張小花對劉嘯的這個安排很不滿意。

「我另外有重要的事情去辦！」劉嘯「嘿嘿」一笑，「明天我再告訴你！」

第二天一大早，董飛又來了，還是請喝早茶，可惜他沒見到劉嘯，只有張小花在。

張小花這次沒拒絕董飛，「你來得正好，吃完早點，我想再去你們公司一趟，關於項目的事情，我還想再談一談。」

董飛本以為今天又要碰個釘子的，沒想到張小花主動提出要談合作項目，他喜出望外，當下連連說著「太好了，太好了！」，然後忙不迭地給許總監打電話彙報情況，讓他們做好接待的準備。

許總監這次學聰明了，一看到張小花，就是一番誠懇的解釋：

「張小姐，上次的事都是我的疏忽，實在是不好意思。其實是這麼回事，你說的那個擺渡攻擊，回去我仔細想了想，那種攻擊手法我相當熟，還經常用，只是我不叫這個名字，所以當時你一問，我一時就沒反應過來，這才給我們之間造成了一點點誤會。你放心，我們銀豐實力雄厚，我們有很多的方法來防範這個擺渡攻擊，絕對是萬無一失。」

「嗯，我回去後也想了想，銀豐是國內軟體界首屈一指的大公司，怎麼會連擺渡攻擊都不知道呢。」

張小花敷衍地笑著，心想：劉嘯這小子還真有點鬼才，居然連許總監今天會說什麼話都能算出來。

「張小姐能這麼想真是太好了，謝謝你的信任，也謝謝你再一次給我們銀豐機會。」許總監露出一副五體投地的表情，「真是沒想到啊，張小姐不但大度，而且年紀輕輕，就能對安全技術如此在行，真是讓我不得不佩服啊。」

張小花從小到大，除了有人誇過她漂亮之外，還從沒有人誇過她有才有識有度量，這一下她整個人都有些飄了，連連客氣：「過獎，過獎。」

謙虛完之後就是心虛，要是那許總監知道自己不過是從劉嘯那裏聽來了一個「擺渡攻擊」的名詞，那這傢伙會是怎樣一副表情。

許總監看張小花把自己的馬屁照單收下，就趕緊趁熱打鐵，拿出一疊厚厚的文件遞到張小花的面前。

「張小姐，這是我們團隊連續奮鬥兩天弄出來的一個初步方案，你過過目。」

張小花滿臉笑靨地接過來，翻開看了兩頁，就有些皺眉，再看兩頁，臉色就開始陰沉得嚇人了。

許總監趕緊陪著小心，「張小姐，這個方案呢，只是我們初步的想法，最後的方案肯定會比這個好，只是需要點時間。」

張小花越翻越快，幾下翻完方案，「啪」一下就合上了，看著許總監，什麼也沒說。

許總監這下有點猜不透了，「張小姐，你看這方案……」

「這樣的方案拿去給廖氏看，你覺得能通過嗎？」張小花冷冷地問了一句。

許總監臉上的汗頓時直冒，因為他現在拿給張小花看的這份方案，其實就是那天被邪劍槍斃了的方案。

做一個方案哪有那麼簡單啊，只有短短兩天時間，根本不可能設計出什麼像樣的方案，更別說張氏這邊提交的資料還不是很全。所以許總監早上接到董飛的彙報後，就取了個巧，把上次被邪劍否決掉的方案拿了過來。

和張氏不同，廖氏很早就提交了一份完整有序的系統設計要求，銀豐知道邪劍的厲害，所以派出了自己最有實力的團隊，設計出一個非常好的方案。但不幸的是，這個方案最後還是讓邪劍給否決了。

不過，在銀豐看來，失敗的原因不全是因為方案的不足，他們認為這裏面有邪劍故意報復的成份。

張氏和廖氏兩個企業，結構類似，業務相同，那許總監也是急於想攬下張氏這筆生意，就抱了個僥倖的心理，心想：在邪劍面前過不了關也就認了，要是在張氏這兩個年輕人的跟前也過不了關，那銀豐就真的不用混了。

誰知張小花看完方案就來了這麼一句，許總監當場傻了眼，心說：這張小花的眼睛也太毒了，竟然一下就把這假方案給認了出來。

現在許總監對張小花是徹底服了，心服口服，上次也是張小花，一出口就是很多專業人士都不知道的擺渡攻擊，現在又一眼看穿了自己的把戲，簡直太厲害了，估計這張小花的水準，絕不在邪劍之下。

許總監心裏後悔得要死，自己只是想取個巧，沒成想卻弄巧成拙，看來這單生意八成是沒什麼希望了。

許總監坐在那裏半天沒有反應，就那麼傻乎乎地看著張小花。

張小花咳了兩嗓子，「這個方案我很不滿意！」

許總監感覺心在下沉，他已經知道是這個結果了，接下來，估計張小花就會宣布合作沒戲了。

「至少也要比拿給廖氏的方案要好一些才行，我們張氏對於方案只有一個要求，那就是必須比廖氏的好；只要你們能做到這點，這個項目我們還是交給銀豐來做。」

「啊？」許總監感覺自己的耳朵出了毛病，等確認自己的耳朵沒毛病，他那顆已經死了一大半的心又重新恢復了活力，怦怦地跳個不停。

「張小姐，你放心，我們這個團隊，是整個銀豐最好最有實力的團隊，這次是有些倉促了，我們回頭重新弄，一定能達到張小姐說的這個要求。」

董飛等人趕緊表態，「就是就是，這次確實太倉促了，很多想法都沒來得及實現啊。」

張小花這才微微頷首，慢條斯理地道：「我看我要是不讓許總監把真正的實力拿出來，許總監一定會怨恨我的。那這樣吧，你們再搞一個方案，一定要超過給廖氏的，這樣可以吧？」

「太好了！」許總監激動得在椅子上直打顫，心裏感覺太舒服了，人家不愧是張氏的掌門千金，說話就是中聽，當下趕緊說道：「張小姐，你放心，我們一定會拿出最強的實力。」

張小花站了起來，「那今天就談到這裡吧，你們弄好了方案，就通知我們，我們一定會優先考慮和銀豐的合作。」

許總監抑制不住心中的激動，堅持要把張小花送出銀豐的大門，而且一送再送，差點就送到了酒店門口。

好不容易擺脫了許總監後，張小花直接殺到了劉嘯的房間，進門就咬牙切齒地朝劉嘯撲了過去。

「劉嘯，我記住你了，你這是在赤裸裸地報復我，你這差事比讓我坐教室聽英文還要難受。」

「咯登」一聲，張小花還沒撲到劉嘯身上，門口一旁的洗手間就打開了，裏面走出一個陌生的男人，張小花趕緊剎住身形，奇怪地看著那人。

劉嘯過去敲了她一個爆栗，「那下次就讓你去聽英文好了！」轉身給張小花介紹道：「我給你介紹一下，這位是軟盟的技術總監，藍勝華先生，一會兒藍先生會跟我們一起回封明市。」

藍勝華趕緊伸出手，「這位大概就是張氏的掌門千金了吧，幸會幸會！」

張小花悶悶地收回手，有點不知道劉嘯這葫蘆裏賣的是什麼藥，道：「怎麼回事啊？」

「我上午又去了一趟軟盟，軟盟終於答應做我們的項目了，這次藍先生就是過去實地考察，然後核實一下方案。」劉嘯笑著回答。

藍勝華笑了笑，「說實話，要不是老大同意，我是真不願意幹這分拆的事，費力費時啊。」

張小花越聽越迷糊了，嗔道：「那你還讓我去銀豐？」

「回到封明市，我再給你詳細解釋！」劉嘯打斷了張小花的話。

第十二章　傳奇老大

藍勝華道：「在軟盟還沒有創建之前，那時候，有駭客圈的閒人評出國內最厲害的五大駭客，我們的龍董事長以『南帝』的名頭排在頭位。」

劉嘯不禁無限景仰，恨不得馬上去軟盟見識一下這位傳奇老大。

銀豐從來沒有接到過這麼難做的專案，張氏提出的要求是必須壓過廖氏，而廖氏隨後也提出了同樣的要求，要求必須超過張氏。

這下銀豐為難了，兩個項目開出的價格都不低，自己都想拿下來，但一旦自己同時吃下，就陷入了一個自相矛盾的局面，你就是給他們兩家一個同樣好的方案也不行啊。

銀豐的老總很鬱悶，從他創辦銀豐至今，雖然說也有過一些挫折，見識過不少挑剔的客戶，但像張廖兩家這樣奇怪得離了譜的卻不曾見過。在銀豐的歷史上，還從未發生過兩個項目在同一天同時被拒的事情。

上次張廖兩家對銀豐實力的質疑，讓銀豐的高層大為震動，危機意識讓他們認為銀豐在技術的儲備和升級上可能出了問題，可是沒等他們去論證自己的觀點，張廖兩家又重新找到銀豐，要求繼續合作，這就說明銀豐的實力是沒有問題的，可他們為什麼又要提出這麼一個近乎於整人的要求呢。

軟盟的工作人員分批陸續到達了封明市，開始對張氏企業進行實地的調查，以便確定出一個最好的安全方案，這些主要是針對硬體方面的，只要硬體定下來，與之對應的軟體方面也就能確定下來了。

這倒不是很難，因為軟盟的主力業務就是這個，他們對世界上現有的各種安全器材和安全技術都瞭若指掌，在網路架構、佈線、安全設置等等方面都有專業的團隊。在經過反覆論證和修改之後，一個大概的硬體採購和網路結構的方案就定了下來。只等張春生簽字批准，資金到帳，就可以開工建設了。

劉嘯現在採取的方法就和蓋大樓一樣，你首先得把大樓蓋起來，接下來才是各種管道的建設，接通水電氣，安裝電梯，做完這些，用戶就可以開始使用大樓了。為了安全，大樓開始配置消防器材、報警系統、建立初步的門禁制度；為了舒適，大樓開始內部裝修，採購各種功能性器材。

而劉嘯目前訂下來的這分方案，就好像是確定了大樓主體工程的建設結構，他要做的就是先把一個相對安全的網路搬到張氏來，這樣張氏就可以在依靠現有條件的基礎上，開始使用網路了。至於今後的內裝修和安全制度的進一步完善，這就需要劉嘯來一步步慢慢解決了。

一切完成之後，就是一個完整的企業決策系統了。不過，對網路的內部裝修可比對大樓的內部裝修要難得多了，大樓的用戶可以根據自己的喜好，在自己的小空間內隨意裝修，而劉嘯的內部裝修，不但要符合各個部門業務的特點，而且還要兼顧統一，在這個企業決策系統之內，任何一點錯誤的設計都會影響到整個系統的安全和穩定，一處的失敗就意味著整個項目的失敗，也就是整個大樓的坍塌。

劉嘯最近都是忙著和藍勝華商量更為具體細節的設計方案，提出又推翻，推翻了又重新來，兩人都是力求完美的人，越推翻反而幹得越起勁，劉嘯已經很久沒有回學校了。

一大早，劉嘯接到了室友的電話，學校發下通知，畢業生現在可以辦理離校手續了，劉嘯決定回學校先把這個事辦一辦，過兩天忙起來，估計就沒有時間了。

劉嘯不在，藍勝華單方面也搞不成什麼事，就決定和劉嘯一塊走一趟，去看看劉嘯待了四年的學校，順便也散散心，舒緩一下疲憊的神經。

劉嘯就讀的封明大學，設備不錯，但因為創辦的時間晚，一直沒能擠進名校的行列，同樣也因為創建晚，學校的各項設施就比較新一些，至少在硬體方面是這樣的，新建的樓房、漂亮的操場、景點般的園林設計，讓學校看起來活力十足。

劉嘯一路給藍勝華介紹著學校的設施和科系，說說笑笑就來到了寢室。劉嘯的幾個室友剛好都在，睡覺、看書、洗衣服，各忙各的，看見劉嘯進來，就都過來聊天說話，只有一個人沒動，坐在電腦前打遊戲，似乎根本沒看見劉嘯和藍勝華進來。

劉嘯趕緊給藍勝華介紹著自己的室友：「這幾位是和我一塊住了四年的室友，鐵哥們了，小武，小張，大魏。」

等介紹到那個打遊戲的人時，劉嘯卻道：「這個小武的表弟，也是我們學校的，經常來我們寢室玩。」

小武的表弟頭也不抬，專心致志地盯著自己的遊戲。

小武很不爽，過去踢了一腳，「你小子怎麼回事，一點禮貌也不懂。」

小武的表弟很不耐煩，道：「沒看見我正忙著呢！」依舊是頭也沒回。

小武無奈地搖了搖頭，對藍勝華道：

「你別介意啊，我表弟就這樣，只要玩起遊戲，連命都不要了。他家裏因為這個，平時沒少訓他，甚至還把他往戒網癮的學校送了兩回，沒用。大學上兩年，各科都掛紅燈，可這小子一點都不擔心，逮著時間就打遊戲，家裏沒收了他的電腦，他就去網吧，限制零花錢，他就去四處借錢。」

小武的表弟很不滿，惱道：「你說這個幹什麼！」隨即對著螢幕破口大

罵：「你個傻X，會不會玩啊，連個加血都加不好，不如撞死算了！」大概是遊戲中的某個人把他惹惱了。

劉嘯很尷尬，礙於小武面子，也不好去說什麼，忙對藍勝華道：「真是不好意思，我們都習慣了！」

藍勝華擺了擺手，「沒事，你去忙你的吧，我就看他打遊戲好了！」

藍勝華說完，走到小武表弟的身後，看了一眼，道：「唔，魔幻地獄，你很厲害嘛，等級這麼高了！」

小武表弟得意地嗤了口氣，道：「你也玩魔幻地獄嗎？」

藍勝華點了點頭，「玩，不過沒你這麼厲害，等級很低，是個菜鳥！」

「哪個區的？」小武表弟隨意問著。

「三區的！」藍勝華答。

「咦？」小武表弟有些意外，隨即道：「和我一個區啊，那你來我們工會吧，我帶著你！」

「你哪個工會的？」

「大日天下，你進工會就報我的名字，我的ＩＤ是『飛一般的男子』。」小武表弟說起自己的工會和ＩＤ，似乎很得意。

藍勝華「呀」了一下，「原來你就是三區排名第一的『飛一般的男子』？你太厲害了，聽說全伺服器唯一的一把神級武器『滅天』就在你手裏！」

小武表弟笑了起來，那黑黑的熊貓眼圈也因為這個笑容，變得大了一圈，「你連這個都知道，沒錯，滅天就在我手裏！」

「能給我看看嗎？」藍勝華很感興趣，「我只是聽說過，還真沒見過呢！」

小武表弟很大方地打開了自己的裝備欄，螢幕上一片金光閃閃，一柄威風凜凜的刀出現了。

「看，攻擊＋4982，全伺服器最高，有人出五千塊要買，我都沒賣。」

藍勝華咋了咋舌，「真是錢多了燒得慌，不過是一個虛擬的東西，竟然要花這麼多錢來買。」

「你懂個啥！」小武表弟很不爽，「玩遊戲就是要玩得爽，看誰不順眼就過去砍了他，只要你裝備好，等級高，別人就都聽你的。你看看我周圍這些個人，為了得到一套我淘汰下來的裝備，你讓他叫爺爺他也肯叫，更不要說出幾個錢了。」

藍勝華搖了搖頭，「遊戲中混得再好又有什麼用，為了一個虛擬而又可能會隨時丟失的東西如此拼命，你覺得值不值？」

「你不懂！」

只要談起遊戲，小武表弟就很興奮，話多得說不完：

「這個遊戲現在的用戶越來越多，裝備也能拿來換錢，換句話說，你玩遊戲就相當於是在賺錢，你說值不值？從長遠來看，全民遊戲是個趨勢，聽說國家很快就要頒布法律，承認公民虛擬財產的合法地位。」

「我還真沒聽說過這些！」藍勝華搖了搖頭，「我覺得不值，這些遊戲裝備隨時可能都會丟失，一旦丟失，那你一切的努力就白費了，倒不如學好你自己的專業，將來找份好工作，這個倒是比較現實點。」

「怎麼會！」小武表弟像看著一個鄉下農民一樣看著藍勝華，「你不知道有將軍令嗎，我買了將軍令，裝備還加了鎖，不怕被盜。你落伍了！」

藍勝華搖搖頭，笑而不語。

劉嘯看藍勝華和小武的表弟居然能聊到一塊，放了心，向室友諮詢了一下離校手續的辦理流程，給藍勝華打過招呼，就出去辦手續去了。

劉嘯出去也沒多長時間，在教務處等相關單位跑了一圈，該辦的都辦了，等再回到寢室，寢室已經鬧翻了天。

小武的表弟抱著電話在宿舍裏狂吼：

「你媽個X，難道老子還能瞎說不成，我不是已經給你們發截圖了嗎？……什麼？我自己改的？我改你個錘子，我閒得沒事幹了，改這個……喂！喂！」

那邊看來是掛了電話，小武表弟暴怒，抓起電話就要往地上扔，小武眼尖手快，趕緊把電話接住。

寢室裏的其他人都過來拉住小武表弟，勸他冷靜點。只有藍勝華坐在大魏的電腦前面，悠閒地看著網頁。

劉嘯一時摸不著頭腦，急忙問道：「怎麼回事？出什麼事了？」

大魏指著小武表弟的電腦，「小武表弟的遊戲資料出了點問題，去找遊戲公司理論，結果遊戲公司說資料正常，他就有點急了！」

劉嘯還以為出了多大的事呢，過去安慰道：「你別急啊，資料出點問題在所難免的，說不定一會兒維修之後就正常了！」

小武表弟很激動，「什麼叫在所難免的？這能叫在所難免嗎？」

「說起來也真是邪門！」大魏撓撓頭，「小武表弟玩得好好的，突然被踢下線，說是帳號在其他地方登入了，他以為是帳號被盜，就趕緊修改了密碼再上，結果還是被踢，一連改了幾次都這樣，他就去找客服詢問，結果客服說，伺服器上沒有這個帳號在別處登入的記錄。」

劉嘯皺了皺眉，這確實有點奇了，改了密碼還被踢下線，伺服器上還沒有其他ＩＰ登入的記錄，那會是怎麼回事呢？

雖然一時想不出是什麼原因，劉嘯還是趕緊勸道：「只要裝備沒丟就好，說不定等會兒就能上了，可能是伺服器的程式出了問題。」

「沒丟跟丟了一樣！」大魏在一旁撇了撇嘴，「你去看看他那把『滅天』，本來攻擊加四九八二，現在變成了攻擊減四九八二。」

劉嘯大驚，怪不得小武表弟這麼激動，這可是他的命根子，說他就為這把武器活著也不為過，現在連命根子都丟了，他怎麼能不衝動。

可是遊戲裏的資料，都是保存在遊戲公司的伺服器上，武器的屬性也都是固定的，而且以前一直好好的，怎麼今天會突然出現這種異常資料呢？

劉嘯想到這裏，把目光朝藍勝華看去，藍勝華看著電腦，沒什麼反應。

「不光如此啊！」大魏繼續說著，「你看這小子的帳號，本來升到下一級需要九百萬的經驗值，他已經攢了八百多萬，馬上就要升級了，可現在突然升級經驗變成了九億多，他就是練一年也升不了級了。真他媽的邪門，打電話給客服，客服說伺服器上資料完全正常。還有他身上的所有裝備，現在屬性全部變成了負的，半個小時前還是伺服器第一呢，現在連倒數第一都打不過了。」

劉嘯仔細回想一下自己走之前的情況，想到了一種可能，那就是藍勝華在整小武的表弟！

能夠做到這些的，也只有駭客了。普通的竊盜號根本做不到這點，盜號者為的是就是偷取裝備或者是玩家的高等級，他要是能修改得了遊戲的資料，就不用盜取帳號了。只有伺服器上的管理員帳號才有許可權去修改資料，但遊戲公司對於這些管理帳號有嚴格的使用章程，不可能隨隨便便去修改玩家的資料。

劉嘯走到藍勝華身邊，悄悄地捅了他一下，藍勝華回頭衝他一個神秘的笑。

劉嘯更加肯定了自己的想法，心裏也有底了，便過去對小武表弟道：「你小子也別鬧了，剛好趁這個機會回去休息休息吧，你看你那熊貓眼，說

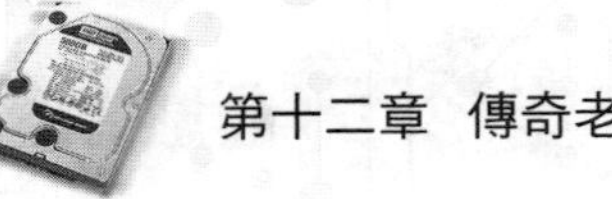

不定睡一覺起來就又好了！」

小武表弟還是很暴躁，「媽的，我回頭就去告他們公司去，肆意竄改玩家的資料，我非要告到他們遊戲公司倒閉不可。」

「去啊！」劉嘯指著門口，「門就在那兒，你現在就去，我們都支持你！」

小武表弟還真往門口走了兩步，之後站住了身形，什麼也不說，一屁股做到椅子上，恨恨道：「這事絕對不能這麼算了！」

劉嘯以前也勸過這傢伙，不管用，現在也懶得多說什麼了：

「你整天吹噓自己多麼多麼厲害，有多少人圍著你轉，好像你就是國家元首似的，現在呢？不出點事你就不知道你姓什麼叫什麼，也不知道自己幾斤幾兩重。你不是很厲害嗎，不是第一嗎，不是說自己能搞定一切嗎？連個破遊戲公司都搞不定，你不覺得你平時說的那些話都很可笑嗎？」

劉嘯過去使勁拍著小武的顯示器，「你好好看著螢幕，你的那個第一不過只有這麼點大，」劉嘯比劃著自己的小拇指指尖，「你只是個被遊戲玩了的可憐蟲，你的所有價值，充其量不過是那些遊戲公司手裏的一些虛擬資料，你的價值不是由你說了算，那些遊戲公司隨便動一動手指頭，就能把你掐死，明白嗎？」

小武表弟沒吭聲，他已經鬱悶到了極點，遊戲裏再威風八面，現實生活中，他只是個普通到極點的學生，什麼第一什麼神器，不過是個泡沫，一吹就破。

「行了，別賴著了！」劉嘯踢了那小子一腳，「回去好好想想吧！」

小武表弟站起來往門口走去，神情很失落，走路都感覺像是飄的。

劉嘯不忍心說：「我在那遊戲公司有認識人，回頭我讓他幫你仔細查查，你也別太難過，不就是個遊戲嘛，看開點！」

小武表弟像是抓住了根救命稻草，「你可一定要他幫我啊，我的那些資料，你都是清楚的。」

「行了行了！」劉嘯擺擺手，「回去休息去吧！」

回張氏的路上，劉嘯問道：「你今天為什麼要整小武表弟？」他確實有些不理解。

「我想讓他明白，他應該珍惜現實，把精力耗在這些虛擬的東西上，簡直是在浪費生命。」藍勝華嘆了口氣，「我沒有讀過大學，但我覺得大學不

應該是這個樣子的。」

劉嘯沒說什麼，人生就是這樣，充滿了錯位，每個人都在向上看，都在和周圍的人比較，羨慕別人擁有的，而感嘆自己沒有的，但卻很少有人去珍惜自己擁有的。

不過，劉嘯對於藍勝華的話有點懷疑，他不覺得藍勝華今天這麼做僅僅是為了讓小武表弟明白這個道理。要知道，去修改遊戲資料而又不讓遊戲公司發現，這本身相當的難，劉嘯自問自己要想辦到也是相當困難。為了一個毫不相干的人，藍勝華有必要這麼大費周章嗎？

就算藍勝華這麼做真的是為了告誡小武表弟，那劉嘯也有一點想不通，藍勝華為什麼會對這個遊戲的伺服器和資料結構如此瞭若指掌，他修改遊戲資料簡直就跟走自己家後門一樣輕鬆愜意。

一個大型的遊戲，其資料結構和容量都是龐大無比的，作為一個駭客，沒有幾個月的潛心分析，根本就無法搞清楚這些資料的規律。

這說明，藍勝華研究這個遊戲已經不是一天兩天了，而且他修改資料也不會是一次兩次，能夠修改這麼多次資料都不被發現，這需要多麼好的手段和智商啊。

究竟這個遊戲有什麼東西吸引他去研究呢，他修改資料又是為了什麼，難道只是為了去告誡千千萬萬個小武表弟嗎？

劉嘯搖搖頭，絕不可能！

「你覺得我這樣做太過分？」藍勝華看出了劉嘯的懷疑，「還是覺得我對這個遊戲太過於熟悉了？」

劉嘯咳了兩聲，想掩飾自己的懷疑，「沒有，我只是覺得小武的表弟有點可憐，他活在一個永遠只有螢幕大小的世界裏。」

「你沒有說實話！」藍勝華笑吟吟地看著劉嘯，「你小子精通安全技術，怎麼可能會一點懷疑都沒有呢？」

劉嘯知道再掩飾下去確實有點虛偽，尷尬地笑著，「確實是有點想不通。」

「我有那個遊戲的服務端程式，甚至源代碼和資料庫我都有！」

劉嘯恍然大悟，怪不得藍勝華修改小武表弟的資料那麼易如反掌，只是一個新的疑問又冒了出來，藍勝華要一個遊戲的服務端程式幹什麼，他是做安全行業的，這種程式對他來說並沒有什麼研究價值，而且一旦程式外流，就會成為那些遊戲公司牟取暴利的工具。

「是偶爾的機會，我從一個破解組織那裏得來的。」藍勝華大笑，看著劉嘯，「放心吧，基本的職業操守我還是有的。」

劉嘯收起自己的懷疑，也對，如果藍勝華要靠這個遊戲程式謀利，估計現在「魔幻地獄」的私服早就遍地開花了，可事實卻是「魔幻地獄」至今還沒有出現一台私服，看來自己真的是有點神經過敏了，笑道：

「沒，我沒有瞎想，是你瞎想了！」

藍勝華感慨道：「要說你小子吧，也確實讓我有點佩服，就拿張氏的這個項目來說，你從沒做過這種項目，不管是從經驗還是從資歷來看，你都是個徹徹底底的新手。可你在這個項目上的表現，卻完全不像一個新手，你敢把項目分拆開來做，這份膽氣和魄力，就算是一個老手也不一定會有。當初老大同意接這個項目，我是有點擔心的，怕你會靠著新手的衝勁莽裏莽撞，誰知你小子不焦慮不急躁，選擇了一條穩打穩紮的方案，一步一步把項目往前推。」

劉嘯被說得有些不好意思，藍勝華看到的都是一些表面罷了，他沒有看到自己還有被邪劍嚇得腿軟倒地的時候，也沒有看到自己在決定把項目分拆前的那份煎熬。

「藍大哥過獎了，我這是趕鴨子上架，只有這麼一條道了，這些天都是靠著你在旁邊指點，我才能做得這麼好。」

「我說這些，可不是誇你小子項目做得好！」藍勝華很認真地看著劉嘯，「我覺得你和我們的老大很像，是塊天生幹駭客的料，你的這份韌性、執著，再加上你那縝密的思維，不幹駭客真是可惜了。」

「我一直都想去軟盟啊！」劉嘯苦笑，「要不是被這個項目給牽絆住了，我現在八成已經在軟盟上班了。」

「等這個項目做完，只要你肯來，我們軟盟的大門永遠為你敞開！」藍勝華笑說。

「真的？」劉嘯激動了起來，「我一定去！」

在劉嘯的心裏，他一直都把駭客當作自己的人生目標，有「國內駭客集中營」之稱的軟盟，是很多駭客人心中的夢幻殿堂，要不是因為張春生強把劉嘯留在封明市，他估計早就飛去軟盟了。

今天藍勝華露了一手，這又勾得劉嘯的心直癢，劉嘯自己也能修改得了遊戲資料，但絕對沒有藍勝華那樣瀟灑自如，尤其是在一台普普通通的電腦上就能完成如此精確的修改，劉嘯自問很難辦到，劉嘯此刻恨不得立刻殺到軟盟，然後和其他的高手一一過招，那才叫個痛快啊。

藍勝華笑呵呵看著劉嘯，不再言語。

劉嘯好不容易才把心情平復下來，突然問道：

「對了，你老提那個老大，老大究竟是誰啊？」

藍勝華想了想，道：

「在軟盟還沒有創建之前，老大是個地下駭客組織的頭，那時候，有駭客圈的閒人評出國內最厲害的五大駭客，我們的龍董事長以『南帝』的名頭排在頭位。老大不服，向龍董事長發出挑戰，兩人最後切磋的結果誰也不知道，只是後來軟盟成立的時候，龍董事長特意請來了老大，擔任公司的技術總監。後來龍董事長索性把公司的事全部交給老大打理，他自己則出國做了個甩手掌櫃。」

「老大的技術很厲害？」劉嘯問完，感覺自己問得有些傻，要是不厲害，藍勝華他們能管他叫老大?!

果然，藍勝華點點頭，道：「深不可測！」

劉嘯不禁無限景仰，恨不得馬上把張氏的項目做完，去軟盟見識一下這位能把國內那麼多駭客攏到一起、又能讓他們對自己敬佩有加的傳奇老大。

第十三章 關鍵時刻

張春生推門走了進來，「我就知道你小子肯定又要説忙，趕緊跟我走一趟吧！」

劉嘯忙站了起來，笑道：「張伯你這風風火火的要去哪兒啊？」又指著手頭的一大堆事，「我真是脱不開身，現在到最後的關鍵時刻了。」

剛回到張氏，劉嘯的助手就抱著一疊厚重文件走了進來。

「劉頭，銀豐的人把新的方案傳了過來，我給你放桌上啊！」

助手說著，就要把那疊文件往劉嘯的桌上放。

「不用了！」劉嘯擺擺手，「你回覆銀豐的人，就說我看了，很不滿意，讓他們再修正一下。」

助手有些納悶，「這……這是剛傳過來的。」

「我知道，你按我說的去回覆就行了！」

助手愣了半天，不知道劉嘯這是什麼意思，不過還是抱著那疊文件出去了。

藍勝華也有些不解，等助手出去，就問道：「你既然決定了自己做功能部分的方案，怎麼還讓銀豐那邊在搞設計？」

劉嘯苦笑道：「沒辦法，我們老總給我的命令是超過廖氏，而對手又太強大了，我只好玩一玩煙幕彈。」

藍勝華琢磨了半天，還是想不透，「你的意思是……」

「讓廖氏以為我們張氏在消極地等銀豐的消息，這樣他們有可能會低估我們的實力，也許邪劍還會因此放慢他們的進程。其實我主要的目的不在於此，是希望能把廖氏綁在銀豐上一段時間，這樣我就會有多一點時間來慢慢搞我的設計，就算是輸了，至少也不會輸得太慘。」

劉嘯苦笑著，這大概是他的心裏話。

藍勝華總算是明白了，笑道：「如果讓邪劍知道了你的目的，他大概會氣瘋的。」

「我這也是沒有辦法的辦法，否則讓邪劍發了力，我只能輸得稀裏嘩啦了。只是這次有點對不住銀豐了，等設計方案出來，我準備把這部分委託給銀豐去實現。能夠接下廖氏的項目，還能承包張氏的代碼編寫，這對銀豐來說，應該是最好的結果了。」

「嗯！」藍勝華微微頷首，「也只能如此了，碰見邪劍這樣的高手，誰都會頭疼的，希望他能上當吧。」

兩人正說著，助手又推門走了進來，「劉頭，財務部剛才來通知，我們項目的資金已經到位了。」

「太好了！」藍勝華站了起來，「我這就去通知我們的人，讓他們開始動手幹吧。」

「別急別急！」劉嘯趕緊拉住他，「你可以讓他們準備東西了，開工則是暫緩一段時間，等我這部分的設計有點眉目了再開工，要是被廖氏發現了，我就前功盡棄了。」

藍勝華拍拍腦門，「對對，我一高興就差點給忘了這事。好，我這就通知他們，需要採購的設備就開始置辦吧，然後等你一聲令下，我們就開工。」

劉嘯笑笑，「好，我這就讓財務部把這部分的資金給軟盟匯過去。」

接下來的一段時間，劉嘯再次恢復到之前的狀態，每天都在學習和參考大量的資料，遊走於各個部門之間，徵求大家對於新系統的意見和要求，開始著手設計系統的具體功能了。

藍勝華這時候也給了他不少的幫助，做完安全方面的設計後，藍勝華並沒有著急回軟盟，而是幫助劉嘯搞功能設計的開頭部分，萬事開頭難，他算是友情幫劉嘯一把。

等藍勝華回軟盟的時候，劉嘯已經定好了整個功能部分的基調，而這時候，劉嘯也終於迎來了他人生中一個說重要也重要，說不重要也不重要的時刻，他要畢業了。

自從辦完離校手續，就已經有同學陸陸續續離開了學校，等現在正式舉行畢業典禮，已經剩不下幾個人了，劉嘯收到很多同學從外地打來的電話，讓劉嘯代領畢業證書。

張小花很興奮，只要有熱鬧，就肯定少不了她，她早早便纏住了劉嘯，要劉嘯帶她去見識一下畢業典禮是什麼樣子。劉嘯無奈，只得帶上這個麻煩貨。

結果果然就出了狀況，畢業典禮在學校的一號大禮堂舉行，劉嘯帶張小花剛進會場，就被班上的幾個同學發現了。

大魏幾個室友和張小花早都是熟人了，過來打趣：

「劉嘯，你也太隆重吧，還帶夫人出場呢！嘖嘖。」

劉嘯有些反應不及，臉上的表情掛在那裏，然後緊張地看了一眼張小花。

張小花也是一愣，隨後對大魏飛起一腳，「你小子就是嘴賤，我讓你胡說。」

張小花是笑著說這句話的，看不出一點生氣的意思，大魏閃身躲過，嘻嘻哈哈笑不停。

劉嘯這才放下心，心想大魏還真是膽大，什麼玩笑都敢開，也不怕張小花這母老虎撕了他，自己可是從來不敢和張小花開這麼過份的玩笑，於是趕緊提醒道：

「大魏，你小子活該被打，再嘴賤，估計你今天就要血濺畢業典禮會場了，說不定還能寫進咱們學校的校史，哈哈。」

「那敢情好！」大魏撇了撇嘴，「我這四年裏都在琢磨著怎樣才能在校史上留下我大魏的名字，雖然這種方式有點不太光鮮，但我也認了。來吧，劉夫人，你打死我吧。」

大魏說完，還故意把臉往張小花這邊湊。

張小花陰陰一笑，道：「那我就成全你吧！」說著開始摩拳擦掌起來。

這下把劉嘯嚇了一跳，以為張小花真要發火了，趕緊站在兩人中間，「我開玩笑的，開玩笑的。」

「什麼開玩笑？」大魏倒先不滿意了，「你小子趕緊讓開，別壞了我上校史的機會。」

「就是，就是！」張小花也一把扯開劉嘯，「同樣都是一個宿舍待過的，做人的差距怎麼差這麼大呢。」張小花在大魏的肩上拍了拍，搖頭嘆氣。

「你說劉嘯怎麼就沒你這麼MAN呢，他自己上不了校史，還不讓你上。大魏，這四年真是難為你了。」

「我們就把他交給你了，以後我們不在了，你要好好地幫我們改造他。」大魏依舊嬉皮笑臉，背過身對劉嘯直眨眼睛。

張小花大力地拍著大魏的肩膀，「放心吧，我改造不死他！」

劉嘯一陣納悶，自己好心，怎麼一轉眼反倒成了惡人了，直到大魏朝自己使眼色，他才明白過來，他們這是在撮合自己和張小花。

劉嘯不禁心裏一陣熱乎，又一陣惆悵，特別是大魏那句「以後我們不在了，你要好好地幫我們改造他。」他沒有把即將來到的畢業離別說得那麼傷感，卻道出了室友們這四年真摯的情誼和臨別的不捨和關心。

劉嘯過去狠狠在大魏的胸口捶了一下，什麼也不說，大魏也明白，兩人就那麼看著。

畢業典禮其實很無聊，校長把本來就不太豐富的校史翻來覆去地講著，激勵大家走出校門後要勇敢地面對人生。張小花很後悔來參加這個典禮，坐在椅子上直打瞌睡。

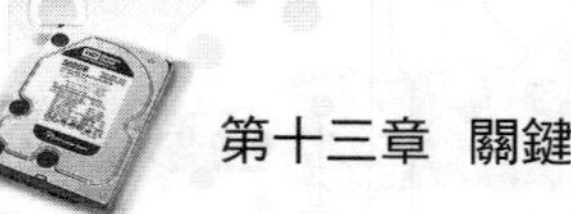

好不容易熬到典禮結束，大家去領了畢業證書，劉嘯商量著大家去吃最後一頓散夥飯。張小花很大方，說要請大家去吃大餐，最後卻被否決了，大家一致決定，最後再去吃一次學校的食堂，過了今天，或許以後的人生都再也沒有機會吃學校食堂了。

一眾人就朝著學校的食堂鬧哄哄地走了過去，路過那個佈告欄，劉嘯想起自己大學四年的遺憾，不禁嘆了口氣，把自己當年在學校意見表填寫要求把佈告欄換個位置的事情講了出來，眾人大笑。

張小花更是笑得前俯後仰，道：「你真是有趣，你知道這佈告欄的位置是誰設計的嗎？」

「誰？」劉嘯問。

「就是我們那半吊子水準的校長！你忘了？他可是建築系畢業的。」張小花笑得愈發厲害了，「這輩子你怕是看不到它挪位置了！」

劉嘯愕然，隨後大笑。

張春生讓酒店空出一個房間，安排劉嘯暫時住到酒店，還派了車子去給劉嘯搬東西。

站在學校的佈告欄前，劉嘯唏噓良久，以前自己天天都在盼畢業，想著畢業後自己就可以幹什麼幹什麼，卻總也盼不到，後來也就習慣了，覺得畢業是件很遙遠的事情，誰知自己只是稍微一個不留神，就已經成了畢業的人，回頭再想，感覺自己好像昨天才踏入校門，今天卻要離開，畢業怎麼就來得這麼快呢。

周圍的同學已經帶著和劉嘯類似的不捨，甚至是迷茫，奔赴全國各地了，做學生的時候，大家都想著自己將來要做成什麼大事業，等真畢業了，反而不知道自己能做什麼，好似一葉浮萍投入社會洪流，只能隨波逐流了。

「劉嘯同學，勇敢地往前闖，用自己的知識去服務和回報社會吧，去為自己的理想拼搏奮鬥吧，未來是屬於你的！」

張小花看劉嘯有些愣神，從後面拍著他的肩膀，一副老成的口氣。

這話是那個半吊子校長剛才在畢業典禮上說的，因為是最後一句，校長幾乎是用吼出來的，把打瞌睡的張小花震得差點從椅子上掉下去，所以她印象很深刻。

劉嘯笑笑，自己的理想不曾忘記，只是不知道何時才能實現，轉頭看著張小花，「你丫頭別笑，明年你也會畢業，你有沒有什麼要奮鬥的理想

啊？」

「有啊有啊，我的理想也是非常的崇高遠大！」張小花一臉自得。

這句話從張小花的嘴裏說出來，劉嘯覺得很不可思議，真不知道整日沒心沒肺的張小花居然也會有理想，不由有些好奇，問道：「說說看！」

「我的理想，就是做一隻快樂的米蟲，每日裏吃吃喝喝，不用操心，也沒有憂愁！」張小花興奮地舉起自己的胳膊，「我已經在為我的理想奮鬥了！」

「我看出來了！」劉嘯吐血，苦笑：「你這理想還真是夠遠大的啊！」

張小花拽起劉嘯的胳膊，「走吧走吧，別看了，等將來我做了校長，一定幫你把這個佈告欄拆了，你說放哪兒我就放哪兒！」

劉嘯習慣性地敲了張小花一個爆栗，任由她拉著自己往前走去。

這一走，或許真的沒有機會再回來了，即便是這個讓自己彆扭了四年的佈告欄，也可能永遠不會再見了。

劉嘯畢業，那張小花自然也就放了暑假，張春生很痛快地兌現了他當時的承諾，張小花美滋滋地到歐洲享受她的度假旅行去了。而劉嘯，終於也開始了他上學時曾認為是很美妙的朝九晚五的上班生活，不過現在看來，這真是一點也不美妙。

劉嘯每天都在忙著設計系統的具體功能，每個設計做完，他都要和軟盟的人確認一下，保證這個功能不會影響到之前的安全設計，另外一邊，劉嘯還得做協調工作，保證新的功能不違反總的設計原則，並和已經設計好的功能不衝突、不重複。

雖然工作很繁瑣，也很耗費精力，好在每天都有進展，一個多月下來，系統該有的功能基本都有了，劉嘯在做著最後的協調工作，確認自己沒有遺漏什麼該有的功能。這個工作做完，也就可以說是成功了一大半。

張春生中間曾找了劉嘯好幾次，想下盤棋，都被劉嘯給推辭了，他根本抽不出時間來。

這一日，張春生又派自己的秘書來叫劉嘯了。

劉嘯還是脫不開身，指著滿桌子的文件對秘書小李苦笑，「實在是走不開，你去問問，如果沒有什麼重要的事，我就不過去了。」

小李趕緊道：「這次可不是下棋，總裁說是有很重要的事。」

「沒說是什麼事嗎？」劉嘯問。

小李搖頭，「沒說，只是說很重要，我看你還是去一趟，老推辭怕是不

好吧。」

劉嘯沉思著，想說要怎麼安排一下，張春生就推門走了進來，「我就知道你小子肯定又要說忙，趕緊跟我走一趟吧！」

劉嘯忙站了起來，笑道：「張伯你這風風火火的要去哪兒啊？」又指著手頭的一大堆事，「我真是脫不開身，現在到最後的關鍵時刻了。」

「早一天晚一天沒什麼關係的嘛！」張春生過去把那堆文件統統推到一邊，「廖正生那老王八昨天晚上給我打電話，說今天有重要的事和我說，還特別囑咐說要見你。」

「我？」劉嘯有些反應不及，「我不認識他，他也不認識我，莫名其妙地找我幹什麼。」

「誰知道呢！我想了一宿，也沒猜透這老王八在搞什麼把戲。」張春生不耐煩地揮揮手，「我也懶得猜了，去了不就知道了，趕緊走吧，我讓車子在下面等著呢。」

劉嘯無奈，只好把資料稍加歸檔，就跟著張春生去赴廖正生的約會。

廖正生把碰頭的地點定在德勝齋的茶樓，真是有些搞笑，這兩人都是開五星級酒店的，說個事卻非要選擇這麼一個環境遠不及自己飯店的地方，這有點像是以前的敵我雙方談判，還要選一個中立的地盤。

張春生一走進茶樓，服務員就急忙迎了上來，「張總裁好，廖總裁正在和氣堂等您呢，請這邊走！」

封明市這地方不大，幾乎一大半的人都能認識張春生，至少是聽說過。服務員推開和氣堂的門，劉嘯有些意外，邪劍居然也在裏面，於是趕緊附耳過去，「張伯，對方網路事業部的經理也在，看來……」

張春生卻已滿臉帶笑地走了進去。

「老廖啊，又讓你破費了，改天我一定回請，咱們到金玉園洗澡去。」廖正生也站了起來，把張春生往上座讓，「老張你真是見外，一頓茶錢都要和我這麼斤斤計較，來，坐。」

廖正生面皮白淨，也很注重儀表，整個人看起來比張春生要年輕很多，一臉的和氣，和他的兒子一樣，也帶著副眼鏡，手裏同樣掐著一根粗粗的雪茄，只是不知道是不是同一個牌子。

劉嘯以前只聽說過廖正生，這次總算是見到真人，要不是聽張春生說過這人的很多齷齪事，他可能真的會被廖正生儒雅的外表給矇騙了。

「這就是你們公司請的網路事業部經理吧？」廖正生笑咪咪地看著劉

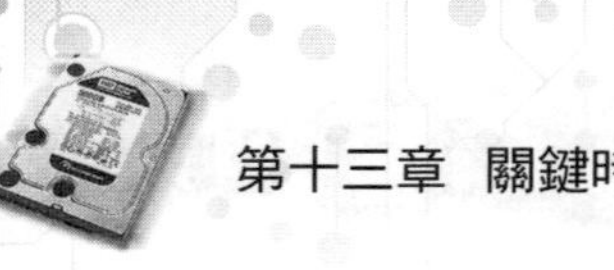

嘯，「很年輕嘛！」

「劉嘯！」劉嘯往前一步伸出手，「初次見面，以後還請多多關照！」

「嗯，不錯，不錯，年輕有為。」廖正生拉著劉嘯，「來來，趕緊坐吧，都不是什麼外人，不要拘束！」

劉嘯走到邪劍旁邊，照樣伸出手，「你好，邪劍前輩，咱們又見面了！」

邪劍還是老樣子，並不伸手，只是微微頷首，「你好！」

劉嘯笑笑，就坐在邪劍旁邊，心想這邪劍還真是奇怪，不會是有些潔癖吧，不然怎麼從不和人握手。

張春生點好茶，把單子往劉嘯這裏一遞，笑著發了話：

「老廖你這把我約出來，到底要說什麼事啊，害得我昨天一宿沒睡好，是不是廖氏出了什麼大事啊？」

張春生倒是一臉關切之色。

「大事肯定是大事，不過是大好事！」廖正生接住了話，兩隻老狐狸表面是談笑風生，話裏卻全是刀槍劍戟。

張春生長長地「哦」了一聲，「那我就放心了。看來我還真是多慮了呢，當時也是急糊塗了，現在想想，以你老廖的手腕，不管什麼事，那還不是輕而易舉就能擺平？哈哈。」

「說笑了，說笑了！」廖正生笑著，「咱們多年的朋友了，我一有喜事，第一個想起的就是你，我真是迫不及待地想和你分享我的喜悅啊。」

「趕緊說說，怎麼一回事，讓我也高興高興！」

廖正生呷了口茶，「就是我上次跟你說的事，我們不是要搞企業決策系統嘛，這事昨天下午終於定了下來，我們已經和銀豐簽訂了協定，他們將全權負責我們廖氏企業決策系統的設計。」

劉嘯頓時色變，這事他一點消息也沒有，他只知道這一個多月來，自己把銀豐的設計方案打回去三次，而廖氏更狠一些，打回去了四次；最近的一次，就是在三天前，現在怎麼會一轉眼就把這事給定了下來呢，劉嘯怎麼也想不通。

張春生舉起自己的茶杯，「喜事喜事，應當慶賀，老張我就以茶當酒，慶祝一下這件喜事。」

兩人碰了一下杯子，廖正生輕輕呷了一口，緩緩放下，道：「這次多虧了我們廖氏的張經理，唔，對，就是這位邪劍先生。」

邪劍微微頷首，並不出手，那張春生也就只是點了點頭，道：「一看就有高手風範啊，老廖你真是厲害，這高手全都被你請了去。」

廖正生繼續說道：「本來銀豐給我們提了好幾個方案，可做得實在是太差了，連我這個外行都看不下去。你也知道的，國內這方面最好的公司就是銀豐了，而那些國外的公司我又不相信，這可怎麼辦呢？」

廖正生自問自答，「當時我可是在你老張面前拍了胸脯的，這事要是搞不好，我今後可怎麼有臉見你啊！多虧了邪劍先生，關鍵時刻他站了出來，設計出一個超乎我想像的方案，很完美，我很滿意，這才和銀豐簽訂了協定，讓他們就按照邪劍先生的設計來做。」

「不容易，不容易！」張春生舉起自己的茶杯，「來，邪劍先生，我老張敬你一杯，謝謝你幫我的老朋友解決了大麻煩。」

邪劍舉起杯，「份內職責而已，張總裁過獎了。」

張春生放下茶杯，感慨道：

「怎麼說呢，我老張活了這麼多年，最佩服的就是老廖你了。你說這二十多年來，不管做什麼事，你都走在了我前面，你在前面摸著石頭過河，我在後面一步一步緊跟，你就是我生意場上的領路人，要不是你把我領到了對岸，哪有我老張的今天。」

「共勉共勉，要不是你在後面時時敦促，我們廖氏也不會有今天。」廖正生拍拍張春生的肩膀，「不過，既然你這麼看得起我，我老廖今天說什麼也要再拉你一把，我不能只顧著自己往前跑，把你這多年的老朋友丟下不管啊。」

張春生一愣，沒反應過來廖正生這是什麼意思，他要怎麼拉自己一把，自己又什麼時候說要他拉了？這老王八還真會順梯子上牆。

邪劍放下茶杯，從自己身後的公事包裏掏出厚厚一遝文件，遞到了廖正生的面前。

廖正生把那疊文件推到了張春生面前，用手輕拍著：

「這個呢，就是邪劍先生為我們廖氏設計的方案，衝你剛才那些話，我也不敢藏私，這方案我就送給你了。今後呢，咱這老哥們倆還是老樣子，我在前面摸石頭過河，你在後面敦促監督，咱們風雨同舟，並肩作戰，有福同享嘛！」

這些話張春生說，那是自謙，但是從廖正生的嘴裏說出來，無異於是在諷刺張春生把風險都給別人，自己卻在後面享受利益。

張春生的臉色又豈能好看，他看也不看那文件，直接扔到了劉嘯跟前：「劉嘯，還不趕快謝謝廖總裁！這些文件你拿回去好好學習，千萬不要辜負了廖總裁對我們的期望，這些文件就是激勵，也是鞭策，我們今後做出來的東西要是比這差了一星半點兒，那都對不起廖總裁，明白嗎！」

「謝謝廖總裁，謝謝邪劍前輩，請你們放心，晚輩一定會在這個基礎上盡心盡力，爭取把這個系統做得更好更強更科學。」

劉嘯也學著張春生的語氣，站起來連連道謝，把文件接了過來。

重新在椅子上坐定，劉嘯趕緊把那疊文件翻開，他很納悶，就算邪劍是神仙，他也不可能在三天之內就搞出一個這麼大的設計方案出來，難道他也和自己一樣，利用銀豐放煙幕彈？不可能啊，以他的實力根本沒有這個必要。

只看了兩頁，劉嘯的臉上血色頓時全無，「刷刷」往後一翻，劉嘯感覺腦袋一蒙，眼前一黑，差點栽倒在桌子上。

這份設計根本就是自己這兩個多月來的努力結果，雖然中間有一些小改動，但劉嘯十分肯定，這絕對是自己的方案。可現在它怎麼會突然出現在邪劍手裏，又成了了廖氏和銀豐的合作方案呢？

「怎麼？這方案有什麼問題嗎？」廖正生在一旁倒是很關心，「你要是覺得有不了解的地方，可以隨時來我們廖氏請教邪劍先生，相信邪劍先生也會很樂意幫助你的。呵呵，是吧，邪劍？」廖正生笑得非常刺耳。

劉嘯一聽此話，騰地站了起來，怒目直視廖正生，拳頭捏著叭叭直響，看樣子是要衝上去揍人的樣子了。

「混帳！」張春生大喝一聲，站了起來，他也意識到肯定是有事發生了，不過看劉嘯那衝動的樣子，趕緊出聲喝止，「你吃了豹子膽了麼？敢這個樣子對廖總裁。廖總裁那樣說，都是看得起你，是在提攜你。」

張春生走過去，指著劉嘯大罵：「你小子毛都還沒長齊呢，脾氣倒不小，怎麼，你還說不得碰不得了，廖總裁那是一片好意，不是驢肝肺。」張春生指桑罵槐。

「嗡！嗡嗡！！」

劉嘯的手機此時突然叫了起來，他的神智這才有點清醒過來，咬著牙道：「廖總裁，邪劍前輩，我劉嘯記住你們了，你們的恩情我沒齒難忘！不好意思，失陪了！」

劉嘯轉身就走，就聽背後張春生還在罵，「你這混小子，你給我回來，

回來……氣死我了，看我回頭再收拾你！」

出得和氣堂，劉嘯掏出手機，裏面傳來藍勝華焦急的聲音，「劉嘯，出事了，公司的網路被人入侵，你傳給我們的那份設計方案被盜了！」

劉嘯沒說話，他不知道自己此刻能說些什麼。

電話裏藍勝華繼續說著：「喂！喂！劉嘯，你在聽嗎？我們正在查是誰幹的，目前還沒有結果，如果是邪劍的話，事情就有點不妙了，你得防著點，實在不行就……」

「已經晚了！」

劉嘯說完，掛了電話，站在和氣堂的門口，他一時竟不知道自己該往哪裡走。藍勝華的電話又打了過來，劉嘯實在是沒心情再聽，直接按了關機，然後慢慢朝門口踱去。

司機看劉嘯出來了，急忙發動車子，卻見劉嘯坐在茶樓門口的臺階上發呆，司機有些納悶，把引擎關掉，走到劉嘯跟前，「你怎麼一個人出來了，總裁呢？」

劉嘯往身後指了指，沒說話。

司機看劉嘯神色不對，「你臉色不好，是不是不舒服，要不你先到車裏休息會兒，唔……，我看我還是叫輛車送你去醫院吧。」司機說完，就準備去路邊攔車。

「不用了！」劉嘯很費力地站了起來，努力地笑著，「我沒事，你在這裏等總裁吧，估計他很快就出來，我先回去了。」

劉嘯說完，搖搖晃晃下了臺階，順著馬路邊往前走去。

司機看劉嘯確實有點不對勁，緊跑兩步跟上，「要不我送你回去吧，你走的方向不對！」

劉嘯搖頭，「沒事，我隨便走走，你去忙吧！」

司機也不好再說什麼，看著劉嘯慢慢遛遠，在路口一拐消失了身影。

廖正生和邪劍的目的很明確，他們就是想要告訴劉嘯，你的方案已經改名換姓了，如果你繼續按照你的方案做，那麼即便是做了，也是拾人牙慧，或者是照抄照搬，甚至廖氏哪天不高興了，還能告你個侵犯版權。

劉嘯很憤怒，他從沒見過如此無恥的人，明明是他們竊取了自己的方案，他們非但不知羞恥，反而以此來羞辱自己，青天白日就敢顛倒黑白，而且說的是那麼地理直氣壯。

天底下還有比這更荒唐的事情沒有，自己的東西被小偷偷走，小偷卻氣

焰囂張地把東西又拿到失主面前說：「我有使用證明，這個東西是我的，現在如果你要使用的話，我可以很大方地把它借給你。」失主非但拿不回自己的東西，卻還要去感激小偷把東西借給自己使用。

劉嘯感到了莫大的恥辱，這簡直是欺人太甚，如果不是張春生攔著，他真的會動手去揍廖正生。

憤怒歸憤怒，現在的問題是接下來該怎麼辦，廖氏搶在劉嘯之前和銀豐簽訂了合作協議，劉嘯只能證明自己設計了方案，但卻不能證明邪劍竊取了自己的這份方案，更不能證明邪劍就不能做出一份和自己類似的方案。

拿不出證據，光是劉嘯自己心裏明白又有什麼用。自己不可能等著軟盟那邊拿出邪劍竊密的證據，劉嘯自己也是駭客，他很清楚當中的困難程度，能夠入侵軟盟網路的高手，根本就不會留下蛛絲馬跡給你抓，即便是能抓住，那需要等多長的時間呢？半年還是一年，這段時間難道就什麼也不幹，傻乎乎地等證據？

等你拿到證據的時候，或許廖氏早已把他的決策系統運作了起來，你又能拿他如何？

劉嘯不是那種坐以待斃的人，也從不會把希望寄託在其他人的身上，可他此刻真的不知道自己該怎麼辦了，這份方案已經耗盡了他所有的心血，以他這半路出家的水準，能夠做到這步，已經像他說的那樣，竭盡全力了。至少短時間之內，劉嘯不可能再搞出一個與之前方案完全不同的新方案，也不能保證新的方案就能超越舊方案。

最重要的，劉嘯不服，他自己的東西，為什麼要白白送給別人，何況這個別人不會有一絲的感恩之心。

「我不服！」劉嘯竟一口氣走到了海邊，站在高臺，衝著一望無際的大海狂喊。

他心裏積攢了太多的鬱悶和憤怒，一直喊，直到他再也喊不出來，劉嘯才一頭跌倒在高臺之上。

天慢慢黑了下來，劉嘯的憤怒卻並沒有因為吶喊而減少多少，他喊不出來了，可他的拳頭依然緊緊捏著，仰望著已經漆黑了的天空，劉嘯心裏暗暗發誓：

「我不會就這麼認輸的，不管你是誰，想要從我手裏搶走屬於我的東西，我就要讓你扒下三層皮來，我劉嘯絕不是任人拿捏的軟柿子。」

第十四章 安全硬體

藍勝華頓了頓，「是這樣的，廖氏雖然把方案交給銀豐去做，但銀豐在安全方面畢竟不如我們軟盟專業。我們提出的方案，裏面涉及到許多新的安全硬體，所以銀豐找到了我們，想把方案的安全部分委託給軟盟來做。」

劉嘯走回酒店的時候，已經是半夜兩點多了，張春生一直就在酒店的大廳坐著，他派出去尋找劉嘯的人一點消息也沒有。

看見劉嘯進來，酒店的服務生激動地叫了起來，「總裁，總裁！」

張春生聽見叫喚，抬頭便看見劉嘯，跳起來直奔劉嘯而去。

人沒到，劈頭蓋臉的責備就來了，「你小子去哪了，你眼裏還有沒有我這個總裁，你……」

張春生罵不下去了，劉嘯的樣子實在是太慘了，一臉灰塵，雙眼佈滿血絲，身上的衣服全部被夜裏的霧水打濕，混合著泥土就那麼黏在身上，以前最有精神的頭髮，現在除了那直愣愣的幾根外，其他都胡亂扭作一團，亂塌塌貼著頭皮，整個人看起來很疲累，甚至顯得比張春生還要老上幾分。

「你小子……有什麼事不能解決啊，你這是幹什麼！」張春生趕緊扶著劉嘯，「你是我請來的，要是你因為這事出點啥事，你是要讓我老張愧疚死啊，大不了我們不和廖氏比就是了。古人還常說呢，留著青山在，不怕沒柴燒。君子報仇，十年不晚。」

張春生肚子裏也沒什麼好的安慰詞，搜腸刮肚地找著。

劉嘯露出一個極其難看的笑容，道：「我沒事！我就是出去隨便走走。」

可他的嗓子早已喊壞了，張春生只見他張嘴，卻聽不清他說什麼，當下大驚，「你嗓子怎麼了？」說完大喊：「趕緊去叫醫生來！」酒店的櫃臺慌忙撥著電話，通知酒店的醫務人員趕緊到大廳來。

劉嘯還在硬挺，沙啞地說：「沒事，真的沒事，休息一下就好了。」往前走了一步，便轟然倒地，他還真的去休息了。

昏迷之中，劉嘯看到了很多人，一會兒回到了山清水秀的家鄉，跟著父母下地幹活，蜻蜓繞著他飛來飛去；一會兒又回到了大學校園，和大魏幾個人鬧得不可開交；還到了軟盟，和那個神交已久的老大過招，老大甘拜下風，正當他得意呢，卻看見張小花一臉怒火地衝了過來，他不知道自己哪裡得罪了張小花，只好轉身就逃，張小花就在後面邊追邊罵，劉嘯慌不擇路，竟然跑了死胡同裏了，張小花獰笑著，摩拳擦掌慢慢逼了近來。

「啊！」劉嘯一驚，竟是嚇出一身的汗，醒了睜眼一看，卻是又把他嚇了一跳，張小花還真的站在床邊，伸手做著要掐劉嘯的脖子的架勢，嘴裏一個勁地嘟囔，「醒醒，醒醒，豬啊，還睡！」

看見劉嘯睜眼，張小花大喜，「你醒了？」然後在劉嘯胸口狠狠一錘，

「你這隻豬，竟然睡了兩天三夜，好在姑奶奶我及時回國了，使出這招驚天地泣鬼神的恐嚇法，不然還不知道你要睡到什麼時候去呢。」

張小花摘了一顆龍眼剝開，「來，張嘴！」

劉嘯揉揉睡得發疼的腦袋，從床上爬了起來，「我睡了那麼久？」他的聲音還是很嘶啞，只是已經能聽出八分的音調了。

張小花把龍眼塞進自己嘴裏，「當然，豬都沒你能睡！」轉身又剝了一顆，「來，張嘴！」

沒等劉嘯張嘴，她又塞進自己嘴裏，然後去剝下一顆。

劉嘯溜下床，活動著發麻的身體，「你不是跑歐洲度假去了麼，什麼時候回來的？」

張小花看劉嘯起來了，自己倒往床上一躺，「我剛下飛機就奔來這裏看你了，可累死我了，現在你醒了，該換我睡了。」

張小花說著，把鞋子一蹬，鑽進被窩，「對了，你給我老爸打個電話。天吶，睡死我吧！」

劉嘯搖搖頭，他真拿張小花沒辦法，過去幫她把窗簾拉上，又把她的鞋子放好，這才在房間裏找著自己的手機。

這是醫院的特別病房，劉嘯醒來的時候，已經穿的是醫院的病號服了，他把屋子翻了一遍，才在門後的櫃子裏找到自己昏迷時穿的那套衣服，衣服已經被洗熨好了，整齊地擺放在櫃子裏，手機也放在一旁。

劉嘯帶上門，到走道上開機撥通張春生的電話。

張春生很快接起電話，道：

「你小子醒了？哈哈，太好了，太好了，這幾天可把老張我擔心死了，你現在在哪兒呢，還在醫院嗎？」

劉嘯有些不好意思，「給你添麻煩了！」

「什麼麻煩不麻煩的。」張春生很高興地說，「你沒事就是天大的好事，你待在醫院別動，我這就派人過去接你。」

劉嘯還想說什麼來著，張春生已經掛了電話，估計是忙著安排去了。

大概只過了十來分鐘，劉嘯剛穿好衣服，張春生的司機就來敲門了，他來接劉嘯回公司。張小花很鬱悶，剛睡著就被吵醒，迷迷糊糊的被劉嘯拖著下了樓。

劉嘯一回到酒店，張春生就已經安排酒店準備好了一頓可口清淡的飯菜。劉嘯昏迷了幾天，醒來肯定需要進食，但不能馬上就吃大魚大肉，由此可見張春生此人粗中有細。

張小花下飛機後也沒吃東西，一聽有飯菜，睡意全無，拉著劉嘯就衝進了飯廳。

兩人剛剛坐定，張春生就走了進來，大笑著說，「我的乖女兒，你終於肯回來了，歐洲玩得還愉快吧？」

劉嘯剛要站起來，就被張春生一把按住了，「不要客氣，趕緊吃吧。」

張小花哪顧得上回話，嘴裏塞得滿滿的，哼哼唧唧的，誰也沒聽清楚她在說什麼。

張春生坐下來，道：「你小子那天可真把我嚇壞了，我到了也沒弄清楚發生了什麼事，後來軟盟的人來了，我才知道是怎麼一回事。」

劉嘯有些傷感，「是我大意了，咱們的項目恐怕……」

張春生拍拍劉嘯的肩膀，「沒事，這種事情不是一次兩次了，但還打不倒我們，吃了的虧，咱們遲早讓他們還回來，只要你沒事就好。」

劉嘯既感激又汗顏，感激的是張春生對自己的大度和關懷，汗顏的是自己真的是太遜了，竟讓一個小小挫折搞成這樣，和張春生對比，自己真的是差太多了；現在看來，張春生能夠做到今天的位置，確實不容易，和廖氏鬥了這麼多年卻絲毫不落下風，需要的忍耐力和抗壓能力真的是非人的。

張春生站了起來，「你們慢慢吃吧，我先走了，對了，軟盟的人現在還在封明，他們找你有事說。」

等張春生一走，劉嘯就趕緊給藍勝華打了電話。

「劉嘯？」藍勝華驚喜萬分，「你醒了？可把我擔心死了，我去醫院看了你兩回。」

劉嘯笑笑，「多謝藍大哥關心，這幾天給大家添麻煩了。」

「你現在在哪兒，我過去找你！」藍勝華頓了頓，「我有些事要跟你說。」

「我就在總部呢，一會兒你直接來我的辦公室吧！」

「行！我這就過去！」藍勝華說完掛了電話，看來他要找劉嘯說的事情還挺急的。

劉嘯也不敢耽擱，放下電話就趕緊埋頭扒飯，吃完也不顧張小花，便道：「吃完你自己找地方休息去，我有事先去忙了。」

張小花很不滿，白了劉嘯一眼，擺手道：「去吧去吧，忙死你！」

劉嘯出了餐廳就往自己辦公室趕去，剛進去沒一會兒，藍勝華就敲門進來，看見劉嘯似乎還是有些虛弱，便問道：「劉嘯，你覺得身體怎麼樣？」

「好了，徹底沒事了！藍大哥你坐！」除了嗓子比較啞之外，劉嘯感覺很好，特別是吃完飯，他覺得以前那個精力充沛的他又回來了。

「那天給你打完電話，我就往封明趕，一來就聽說你住進醫院了，我很愧疚啊！」藍勝華嘆了口氣，「這次的事情都怪我們，我們沒有做好公司的安全防護，這才讓邪劍得了手。」

劉嘯不想再談這個，事情已經發生，一味追究是誰的責任也於事無補，現在的關鍵是趕緊商量出一個解決問題的辦法。

他擺了擺手，「不說這個了，藍大哥來找我，不會就是要說這個的吧。」

「還有別的事情，主要是和你商量一下補救措施。」藍勝華頓了頓，「是這樣的，廖氏雖然把方案交給了銀豐去做，但銀豐在安全方面畢竟不如我們軟盟專業。當時我們提出的那個安全方案，裏面涉及到的許多新的安全硬體，這些銀豐都無法掌握，所以銀豐找到了我們，想把方案的安全部分委託給軟盟來做。」

「你們準備怎麼辦？」劉嘯的臉上很平靜，看不出他此刻心裏的想法。

「我看了方案，那絕對是我們的設計成果，自己的成果被別人攫取，你想我們可能會給他們做嗎？」

藍勝華說起這個也很激動，「我真是沒有想到，邪劍作為一個業界前輩，竟然會做出如此齷齪之事，他這是明目張膽地剽竊了，更是赤裸裸地示威，是在羞辱我們軟盟，是在向我們挑釁！這件事情，我們軟盟絕不會就此甘休的，如果不搞出個說法來，那我們軟盟還有什麼臉面在安全界混。」

劉嘯無語，軟盟可能比自己更加難以接受此事，他們是專業搞網路安全的，現在卻被人從他們的網路中竊走了客戶的方案；而更為滑稽的是，銀豐又拿著方案來找他們，軟盟的鬱悶和憤怒，絕不會亞於那天在和氣堂的自己。

「對方不仁，也就不能怪我們不義！」藍勝華繼續說道：「今天來我就是和你商量一下，我們軟盟決定接受銀豐的委託，等合同一簽，我們就以各種理由推脫，將廖氏的企業系統建設無限期推遲。在這期間，我們重新為張氏設計一份更加完美的安全方案，另一方面，我們還要搜集邪劍竊取方案的證據，你看如何？」

劉嘯搖了搖頭，苦笑：「邪劍那麼厲害的人，他怎麼會不知道銀豐可能會搞不定項目的安全部分，說不定銀豐去找你們，還是邪劍的意思呢。」

藍勝華騰地站了起來，「如果真是如此，我們軟盟絕不會放過邪劍！」

「你也別太激動！」劉嘯把藍勝華按回座位上，「其實我最難理解的是，為什麼邪劍要這麼做，即便是他知道了我們利用銀豐在麻痺他，他也不至於會這麼報復我們。你仔細想一想，會不會是軟盟和邪劍之間有什麼恩怨？」

劉嘯想起那次在張小花的電腦上，邪劍一上來就問自己是不是龍出雲他們幾個，故有此問。

藍勝華仔細想了想，之後就搖頭，「應該沒有，我來軟盟快三年了，從未和邪劍打過交道，又怎麼會有恩怨呢。」

兩人都陷入了沉思，這事也確實有些詭異，邪劍偷了方案也就罷了，為什麼要這麼羞辱人呢。

藍勝華的手機突然叫了起來，他接了起來道：「老大！」

劉嘯知道這是軟盟方面的電話，就見藍勝華連續點了幾下頭，「嗯，我知道了，我這就回去。」

掛了電話，藍勝華道：「看來你說對了，邪劍這是在故意羞辱我們，剛才老大來消息，說銀豐今天已經正式宣布，廖氏決策系統的安全部分，他們準備委託給一家國外公司來做。」

劉嘯嘆了口氣，什麼也沒說。

「我現在得趕回海城去了，老大讓我回去，說要商量一下這事的解決辦法。另外，聽老大的意思，好像我們那幾年不曾露面的龍董事長，這幾天要回國一趟，大概也跟這件事情有關。」

藍勝華沉思了一下，「或許真讓你給猜對了，邪劍可能真的和軟盟之間有恩怨。」

「那我就不留你了，我讓酒店幫你訂回海城的票吧。」劉嘯說著，就走過去拿起辦公室的電話，開始撥酒店櫃臺的電話。

「那就多謝了！」藍勝華只好再坐下來，看著劉嘯打電話。

「訂好了，二十分鐘後他們就把票送上來，你就在這裏等一會兒吧！」

劉嘯放下電話，過來陪藍勝華坐著，現在他也不知道自己該幹什麼了。

「你也不用太憂心了！」藍勝華看著劉嘯，「身體要緊。這件事，我們軟盟一定會給你一個交代的。」

劉嘯苦笑，廖氏那邊已經找好了安全部分的執行公司，那項目就算是開工上馬了，自己要是一味等軟盟的交代，不知道要等到何年何月，便道：「沒事，我也會再想想辦法的。」

話是這麼說，送走藍勝華後，劉嘯待在辦公室裏想了一天，也沒想出什麼好的辦法，鬱悶之下，只好把那些自己搜集的案例又翻了出來，再次研究起來。

請續看《首席駭客》二 終極密碼

首席駭客 一 駭客驚世

作者：銀河九天
發行人：陳曉林
出版所：風雲時代出版股份有限公司
地址：105台北市民生東路五段178號7樓之3
風雲書網：http://www.eastbooks.com.tw
官方部落格：http://eastbooks.pixnet.net/blog
Facebook：http://www.facebook.com/h7560949
信箱：h7560949@ms15.hinet.net
郵撥帳號：12043291
服務專線：(02)27560949
傳真專線：(02)27653799
執行主編：朱墨菲
美術編輯：吳宗潔

法律顧問：永然法律事務所 李永然律師
北辰著作權事務所 蕭雄淋律師

版權授權：蔡雷平
初版日期：2015年7月
初版二刷：2015年7月20日
ISBN：978-986-352-179-2

總 經 銷：成信文化事業股份有限公司
地　　址：新北市新店區中正路四維巷二弄2號4樓
電　　話：(02)2219-2080

行政院新聞局局版台業字第3595號 營利事業統一編號22759935

國家圖書館出版品預行編目資料

首席駭客 ／ 銀河九天 著. -- 初版. -- 臺北市：
風雲時代，2015.04-　冊；公分

ISBN 978-986-352-179-2（第1冊；平裝）

857.7　　104005339